COLLECTION FOLIO

Sacha Guitry

Mémoires d'un tricheur

Dessins de l'auteur

Gallimard

I

Tortisambert

Je suis né le 28 avril 1882, à Tortisambert, petit village bien joli du Calvados, dont on aperçoit le clocher à main gauche quand on va vers Troarn en quittant Livarot.

Mes parents tenaient un commerce d'épicerie qui leur laissait, bon an, mal an, cinq mille francs de bénéfice.

Notre famille était nombreuse. D'un premier lit, ma mère avait eu deux enfants. Elle eut, avec mon père, un fils et quatre filles. Mon père avait sa mère, ma mère avait son père — ils étaient quittes, si j'ose dire — et nous avions, en outre, un oncle sourd-muet.

Nous étions douze à table.

Du jour au lendemain, un plat de champignons me laissa seul au monde.

Seul, car j'avais volé huit sous dans le tiroir-caisse pour m'acheter des billes — et mon père en courroux s'était écrié :

— Puisque tu as volé, tu seras privé de champignons!

Ces végétaux mortels, c'était le sourd-muet qui les avait cueillis — et ce soir-là, il y avait onze cadavres à la maison.

Qui n'a pas vu onze cadavres à la fois ne peut pas se faire une idée du nombre de cadavres que cela fait.

Il y en avait partout.

Parlerai-je de mon chagrin?

Disons plutôt la vérité. Je n'avais que douze ans, et l'on conviendra que c'était un malheur excessif pour mon âge. Oui, j'étais véritablement dépassé par cette catastrophe — et n'ayant pas assez d'expérience pour en apprécier l'horreur, je m'en sentais, pour ainsi dire, indigne.

On peut pleurer sa mère ou son père, ou son frère — mais comment voulez-vous pleurer onze personnes! On ne sait plus où donner de la peine. Je n'ose pas parler de l'embarras du choix — et c'est un peu pourtant

LE HÉROS DE CE LIVRE

cela qui se passait. Ma douleur sollicitée à droite, à gauche, avait des sujets de distraction trop nombreux.

Le docteur Lavignac, appelé dans le courant de l'après-midi, ne cessa de prodiguer, pendant des heures et des heures, ses soins éclairés, mais, hélas! inutiles. Ma famille s'éteignait inexorablement.

M. le curé, qui déjeunait ce jour-là chez le marquis de Beauvoir, est arrivé à bicyclette vers quatre heures. On allait avoir bien besoin de lui!

LE DOCTEUR

Dès cinq heures du soir, tout le village était chez nous. Le père Rousseau, paralysé depuis vingt ans, s'était fait porter jusque-là — et l'aveugle répétait en poussant les autres :

— Laissez-moi voir! Laissez-moi voir!

J'avais été renvoyé de chambre en chambre par les voisines aussitôt accourues, et, ne sachant plus où me fourrer, je m'étais craintivement dissimulé sous un comptoir, dans la boutique. De là, j'entendais tout ce qui se disait, tout ce qui se murmurait.

Les premiers décès avaient été annoncés non sans une certaine componction, ainsi qu'il est de règle. Mais, dès la quatrième mort, les annonces devinrent brèves — et, bientôt, laconiques :

— Encore un!

Et tous ces villageois résignés et fourbus reprenaient de la vie devant toutes ces morts. Il leur semblait sans doute que chacun d'eux allait avoir un peu plus d'air à respirer dorénavant.

Et je percevais des dialogues inouïs :

— Et la grand-mère?

— Pas encore. Mais c'est l'affaire de vingt minutes.

— Il en reste combien?

— Plus que quatre.

M. LE CURÉ

L'oncle assassin, le sourd-muet, mourut le dernier dans d'horribles souffrances.

— Quel est celui qui crie comme ça?

— C'est le muet, répondait-on.

Lorsque, à sept heures, tout fut fini, je suis sorti de ma cachette, et je me suis trouvé nez à nez avec le docteur éreinté qui s'épongeait le front.

Il me vit, me regarda, me reconnut, n'en crut pas ses yeux et me dit :

— Eh! bien... et toi?

Et il y avait dans sa voix une surprise immense, avec un rien de blâme.

D'ailleurs, il ajouta :

— Qu'est-ce que tu fais là?

Et ce « qu'est-ce que tu fais là? » ne voulait pas dire : « Qu'est-ce que tu fais là, sous le comptoir? » — non, il signifiait bien : « Qu'est-ce que tu fais là, sur la terre? »

En effet, de quel droit n'étais-je pas mort — comme tout le monde!

Il continua :

— Tu n'as pas mal?

— Non, pas du tout.

— Mais comment cela se fait-il?

Et maintenant, il me regardait comme si j'étais un phénomène — ou bien le diable. Ce garçon de douze ans qui absorbait impunément des champignons vénéneux, qui survivait à tous les siens — cela devenait très intéressant pour lui! Quel champ d'expériences! Et, comme il m'a semblé qu'il se voyait déjà penché sur mes viscères, j'avouai la vérité :

— Je n'en ai pas mangé.

— Pourquoi?

Et ce « pourquoi », parti très vite, était extraordinaire. Déformation professionnelle, je veux bien, mais je jure qu'il l'a dit sur un ton de reproche.

Et, comme il répétait : « Pourquoi? Pourquoi? » — j'ai préféré tout dire, j'ai raconté mon crime et j'ai dit quel avait été mon châtiment.

Alors, dans une esquisse de sourire, il eut un clignement d'œil qui semblait dire :

— Toi, pas bête!

L'histoire fit rapidement le tour du village — et je laisse à penser quels commentaires elle souleva.

Le jour de l'enterrement, derrière ces onze cercueils que je suivais, la tête basse et les yeux secs, je me demandais si le fait d'avoir été miraculeusement épargné ne me donnait pas l'air un peu d'avoir assassiné tout ce monde — cependant que, dans mon dos, l'on chuchotait :

— Savez-vous pourquoi le petit n'est pas mort?... Parce qu'il a volé!

Oui, j'étais vivant parce que j'avais volé. De là à en conclure que les autres étaient morts parce qu'ils étaient honnêtes...

Et, ce soir-là, m'endormant seul dans la maison déserte, je me suis fait sur la justice et sur le vol une opinion peut-être un peu paradoxale, mais que quarante ans d'expérience n'ont pas modifiée

II

Flers

Un mien cousin que j'ignorais, maître Morlot, notaire à Flers, me recueillit et liquida ma situation. L'épicerie vendue, les frais des onze inhumations payés, il me restait dix-huit mille francs.

Cette somme me sembla fabuleuse. Elle avait dû lui paraître inespérée, à lui.

Il m'expliqua qu'il me la plaçait dans ses propres affaires, et qu'il me la remettrait à ma majorité.

Je n'ai jamais revu cette somme — ni ce cousin, d'ailleurs.

Il avait eu primitivement l'intention de me prendre comme clerc à son étude. Il m'en avait touché deux mots. Mais il avait tout de suite abandonné ce projet car j'étais un petit gars sans instruction et sans manières. Au vrai, c'était son épouse qui l'en avait détourné.

Elle avait une arrière-pensée : me maintenir à l'état de bouche inutile, afin de pouvoir bientôt me le reprocher. Dès lors, elle ne me dissimula pas son déplaisir de me voir à leur table.

Elle disait que je mangeais mal — mais elle trouvait surtout que je mangeais trop. D'un plat, elle ne me demandait pas :

— En veux-tu encore?

Elle me disait :

— Tu n'en veux plus?

Et cette question était un ordre.

Pas grande, maigre et brune, Mme Morlot avait un visage asymétrique et des sourcils qui ressemblaient à deux chenilles en désaccord et nez à nez. Ses narines, toujours pincées, paraissaient contrariées de se trouver ainsi dans le voisinage immédiat de sa bouche. Autres disgrâces : elle avait de petites moustaches et portait un binocle. Elle était, en somme, parfaitement laide, d'une laideur dont rien ne venait troubler l'harmonie.

Elle m'a tout de suite détesté. Je le lui ai tout de suite rendu.

Je m'étais moins méfié de lui, m'étant imaginé — Dieu sait pourquoi! — que sa mauvaise humeur constante devait dissimuler un cœur assez sensible. Erreur. C'était une espèce de brute, et ce qu'il laissait voir, c'était son vrai visage — lequel était indescriptible.

MAÎTRE MORLOT

Comment décrire un terrain vague? Sa couleur : grise, d'un gris sale. Ses favoris : deux touffes d'herbe sèche. Ses yeux : deux trous. Des ravines sur son front bas et deux ornières sur ses joues.

Je m'étais également imaginé qu'il copulait avec la femme de ménage. Autre erreur. C'était avec la cuisinière qu'il faisait cela. Le dimanche, pendant les vêpres.

Il m'a été donné de rencontrer durant ma vie mouvementée bien des êtres méchants et bas — mais plus bas et méchants que ces deux êtres-là, je n'en ai jamais vu. Si je les juge ainsi, ce n'est pas tant à cause du mal qu'ils ont pu faire — et que j'ignore — mais je prétends qu'ils eussent été capables de commettre des crimes. Ils n'en ont pas commis, me dira-t-on. Sans doute. Mais de même qu'on peut devenir un assassin sans avoir une âme de criminel, je pense qu'on peut avoir une âme d'assassin et ne pas commettre de crimes. Je jure que dans leurs yeux, parfois, j'ai vu passer l'envie de me voir mort. Ils n'eussent pas formulé la chose, assurément, et je vais même encore plus loin : cette envie dont je parle, ils l'ont eux-mêmes ignorée, c'est probable. Ils n'ont pas su que c'était cela dont ils avaient envie. Mais j'en mettrais ma main au feu, c'était bien cela — et je suis seul à l'avoir su, parce que moi seul j'ai vu leurs yeux, leurs yeux glacés.

Un soir, à table, tout à coup, j'ai senti que j'allais devenir un enfant martyr, et, n'eût été la crainte de combler leurs vœux, je serais allé me jeter sous un train ce soir-là. Je ne le dis pas sans raison, car le chemin de fer passait au bout de leur jardin et le sifflet strident des locomotives, cet avertissement salutaire qui perçait nos oreilles, commençait à me déchirer le cœur comme un appel.

Cette nuit-là, dans mon lit, recroquevillé sur moi-même, claquant des dents, les poings serrés, pleurant de rage et rageant de pleurer, j'ai fait un examen de conscience, rapide.

J'avais volé huit sous, c'est vrai — mais ils en abusaient trop! Partant de ce principe que « qui vole un œuf peut voler un bœuf », ils affectaient de ne rien laisser traîner.

— Attention au petit!

J'entendais cela constamment. J'en étais écœuré.

Et, d'autre part, je comprenais très bien qu'ils ne parviendraient jamais à oublier ma faute — en admettant un instant qu'ils l'eussent désiré — car cette mort « en série » de toute ma famille était trop souvent évo-

Mme MORLOT

quée par les gens qui venaient en visite chez eux.

— Racontez-nous cette épouvantable histoire de champignons...

Et la question vite alors arrivait :

— Mais comment se fait-il que le petit n'en soit pas mort?

Ne pas dire la vérité, c'était tentant — mais impossible, car tout le monde la connaissait, et on ne leur en parlait que pour leur faire avouer qu'ils avaient un petit voleur dans leur maison — dans leur famille.

Non, c'en était assez.

J'avais volé huit sous, c'est vrai — mais d'abord, était-ce à eux de me le reprocher, était-ce à eux d'en avoir honte à ce point-là — à eux qui savaient bien qu'ils venaient de me voler mes dix-huit mille francs?

Et j'ai pris alors une double décision capitale, ce soir-là : partir et ne jamais leur réclamer mes dix-huit mille francs, pour qu'il y en ait de plus voleurs que moi dans la famille!

Oh! oui, partir.
Où aller?
N'importe où.
M'en aller!

Ma détermination étant prise, je me suis mis alors à les haïr d'une manière tout à fait différente — presque gaiement et en détail. J'y trouvais de la volupté. Je m'amusais à prendre en horreur leur visage, leur voix, leurs mains, leurs vêtements. Je donnais des coups de pied à leurs bottines quand ils n'étaient pas dedans, des coups de poing à leurs chapeaux quand ils n'étaient pas dessous — et tandis qu'ils cherchaient un prétexte pour me faire partir, je guettais l'occasion de m'enfuir à jamais.

Elle se présenta d'une manière fortuite. A la quatrième page d'un quotidien de la région, *Le Petit Lexovien*, si j'ai bonne mémoire, M. Pépin, restaurateur à Caen, offrait une place de chasseur, en termes abrégés mais précis. On était logé, nourri, mais on n'était pas rétribué pendant les trois premiers mois. C'était à prendre ou à laisser.

Pour moi, c'était à prendre.

J'avais trouvé cette page déchirée du journal de Lisieux dans un endroit que je ne vois pas la nécessité de désigner plus clairement. Elle était pliée de telle manière qu'une bonne fée semblait avoir voulu mettre en évidence l'offre de M. Pépin.

Je m'en emparai aussitôt, et, telle quelle, la déposai sur le guéridon du salon auprès de la boîte à ouvrage de Mme Morlot.

Vingt-quatre heures plus tard, je la retrouvai dans le petit endroit dont j'ai parlé plus haut. Je m'excuse — non pas d'y être retourné, mais d'y revenir. Je m'en saisis de nouveau et la portai cette fois dans la chambre même de Mme Morlot — puisque je la savais absente à cette heure-là.

En montant me coucher vers onze heures, quelle ne fut pas ma surprise de trouver sur ma table de nuit cette page voyageuse du journal lexovien.

Alors, enfin, j'ai compris que la bonne fée n'était autre que ce monstre de Mme Morlot.

Donc, nous étions d'accord — et huit jours plus tard, avec trois cents francs dans ma poche, j'étais chasseur au restaurant Pépin, à Caen.

III

Caen

Bien qu'exclusivement nourri de tripes réchauffées, j'ai vécu là des heures assez heureuses, en somme.

Le petit paysan pensif et méfiant que j'avais été jusqu'alors s'effaçait peu à peu. La vie m'apparaissait sous un jour plus folâtre. Je ne m'attristais plus du fait que j'étais seul au monde. J'y voyais même un avantage assez marqué. Maître absolu de mes actes, j'allais pouvoir désormais vivre ma vie sans avoir de comptes à rendre à personne, et sans plus jamais m'entendre reprocher d'avoir un jour volé huit sous pour m'acheter des billes.

C'est à Caen qu'il m'a été donné de voir pour la première fois ce qu'on appelle « des gens riches ». Très bonne impression, immédiate. Mieux que bonne d'ailleurs, avouons-le : déterminante.

En être un jour, de ces gens-là !

Ç'a tout de suite été mon rêve.
Il s'est réalisé plus tard.

Venus de Londres ou de Paris, se rendant
à Dinard, allant à Saint-Malo, deux par deux,
trois par trois, quelquefois plus nombreux, je
les voyais heureux de vivre et vivant bien.
Toujours en quête d'un plaisir ou d'une joie,
capables de faire un détour de trente kilomètres pour manger une ratatouille notoire
ou bien une omelette fameuse, ils ont une
indépendance d'allure, une aisance — et cette
autorité joviale que donne l'appétit, et qui
ranime à leur approche les volontés défi-
cientes et les courages anémiés.

Je sais bien qu'on dit d'eux qu'ils écla-
boussent le pauvre monde de leur luxe —
mais je ne suis pas de cet avis, et je voudrais
m'expliquer sur ce point.

Il est des gens qu'on nomme « riches » —
à l'aveuglette — cette affirmation n'étant
d'ordinaire fondée que sur les apparences. Et
le mot « riche », dans ce cas, ne fait allusion
qu'à l'argent qu'ils dépensent — et dont autrui profite, en somme.

Il en est d'autres dont on dit qu'ils *sont*
riches. Ce qui revient alors à dire que ce sont
bien *eux* qui sont riches et que tout l'argent
qu'ils possèdent n'est *que pour eux*, que pour
eux *seuls*, à tout jamais — tandis que l'ar-

gent des premiers est de passage entre leurs doigts.

La différence est essentielle entre ceux-ci et ceux qui, comme les Morlot, par exemple, se sont mis de côté, prudemment, sou par sou, de quoi vivre plus tard, de quoi pouvoir manger pendant toute leur vie. Je ne blâme pas leur prévoyance, mais je constate simplement qu'en vue d'une période dont la durée est incertaine, aléatoire, ils se seront privés de tout pendant trente ans!

Ils ne se seront pas privés de tout, d'ailleurs, non, je me trompe et je les flatte, puisqu'ils ne se sont jamais privés de leur argent. Et si leur cœur est partagé, la vanité, seule, et l'envie se le partagent. Ils n'auront dépensé quelque argent superflu que pour les satisfaire.

Et dire qu'ils se croient riches!

La richesse, ce n'est pas ça.

Être riche, encore une fois, ce n'est pas avoir de l'argent — c'est en dépenser.

L'argent n'a de valeur que quand il sort de votre poche. Il n'en a pas quand il y rentre. A quoi peut-il servir quand vous l'avez sur vous! Pour qu'une pièce de cinq francs vaille cent sous, il faut la dépenser, sinon sa valeur est fictive.

L'argent-métal, c'est magnifique. Une soupière d'argent, ça vaut de l'or! Mais qu'est-ce que vaut une pièce d'or? Un peu d'argent.

Quand un homme riche apprend que telle affaire qu'il vient de conclure lui rapportera deux cent mille francs, il n'en est digne, à mon avis, que si cette somme prend instantanément pour lui, selon ses goûts, la forme d'un bijou pour la femme qu'il aime, d'un tableau qu'il désire ou d'une automobile.

Et je dois dire en outre que s'il n'y avait pas des gens trop riches, il y aurait, à mon sens, bien plus de pauvres sur la terre.

Et, si j'étais le gouvernement, comme dit ma concierge, c'est sur les signes extérieurs de feinte pauvreté, que je taxerais impitoyablement les personnes qui ne dépensent pas leurs revenus.

Je sais des gens qui possèdent sept ou huit cent mille livres de rentes et qui n'en dépensent pas le quart. Je les considère d'abord comme des imbéciles et un peu comme des malhonnêtes gens aussi. Le chèque sans provision est une opération bancaire prévue au Code d'Instruction criminelle, et c'est justice qu'il soit sévèrement puni. Je serais volontiers partisan d'une identique sévérité à l'égard des provisions sans chèques. L'homme qui thésaurise brise la cadence de la vie en interrompant la circulation monétaire. Il n'en a pas le droit.

Après une pareille déclaration de principe, j'ai hâte d'ajouter que je vais avoir cinquante-trois ans dans quelques mois — que, parti d'assez bas, je suis allé, sinon très haut, du moins très loin — que je n'ai jamais vécu que de l'argent des autres — que, de ce fait, j'ai possédé plusieurs millions — et que, sans amertume et sans aucun regret, je me trouve aujourd'hui presque dans la misère.

Or, il m'a semblé qu'une relation fidèle de cette vie aventureuse que j'ai menée pendant plus de trente ans pouvait distraire et renseigner quelques personnes que la franchise amuse encore. Et c'est pourquoi j'écris ces lignes.

En vérité, je les griffonne, et sans effort, et sans façon, à la terrasse ensoleillée d'un modeste bistrot qui fait le coin de la rue des Vignes et de la rue Boulainvilliers — et qui se trouve exactement en face d'un ravissant petit hôtel particulier que j'avais fait construire en 1923, et qu'un huit de carreau m'a fait perdre en 29.

Mais n'anticipons pas.

Et retournons à Caen.

IV

Trouville

Oui, revenons à Caen — que j'ai quitté l'année suivante au mois de juin pour entrer comme groom à l'hôtel de Paris, à Trouville.

(Deauville à cette époque n'existait déjà plus, mais il allait bientôt renaître.)

J'étais sanglé dans un uniforme de drap vert sur lequel grimpaient, de la taille aux épaules, deux rangées de boutons minuscules, et je portais, crânement posé sur l'oreille, un petit calot rond qui ressemblait à un livarot. Je m'enorgueillis d'avoir servi de modèle au dessinateur Caran d'Ache. Se souvient-on d'un petit groom croqué par lui, qui annonçait la veille en première page du *Journal* son dessin du lendemain? Ce petit groom, c'était moi — et je crois bien avoir été le créateur du genre.

Entendons-nous.

Des garçons de courses, des chasseurs, il y en avait bien entendu dans tous les grands hôtels de France, à cette époque. Mais l'emploi était tenu par des hommes qui cumulaient plusieurs fonctions. Astreints à des besognes assez peu reluisantes, ils n'avaient pas toujours l'aspect ragoûtant qu'un groom doit avoir. Et, d'ailleurs, il faut être un véritable enfant pour faire ce métier. Les grooms sont la menue monnaie du portier — et ce sont des lutins. Il faut n'avoir pas encore de barbe au menton pour passer comme un courant d'air entre deux portes. Même il est bon qu'on soit impersonnel physiquement. Il faut n'être qu'un petit uniforme à la disposition de tous, au service de chacun — courant de l'un à l'autre, montant, redescendant, escaladant les cinq étages de l'hôtel en deux minutes : jamais en place et toujours là!

Ramasser une ombrelle avant qu'elle ait touché le sol, offrir du feu à la seconde désirée par un fumeur, n'avoir pas à sortir sa montre pour dire à quelqu'un l'heure exacte — toutes choses qui m'amusaient à faire, follement. Pour moi, c'était un jeu — et ma récréation ne s'arrêtait jamais!

Un soir, le comte Greffulhe à qui j'avais répondu : « Oui, monsieur » — à je ne sais quelle question qu'il m'avait posée, m'a dit :

— Appelle-moi « Monsieur le comte », je te prie.

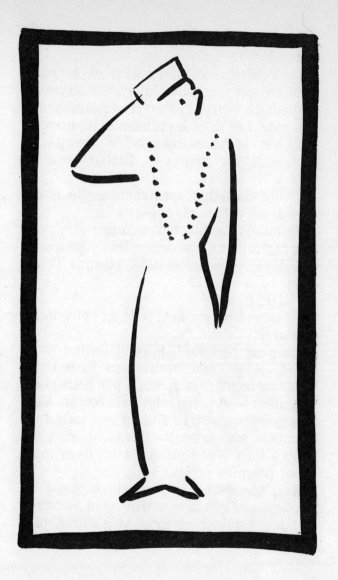

Dès le lendemain, je les appelais tous
« Monsieur le comte! »

Le cohéreur, le voltamètre et le para-
tonnerre ont rendu de plus grands services à
l'humanité — mais l'idée n'était pas mauvaise
non plus. Les ducs, les princes et les marquis
seuls s'en formalisaient : faible minorité. Je
contentais les comtes et flattais tous les
autres.

J'entendais dire constamment de moi :

— Il est charmant, ce gosse!

Je faisais semblant d'en rougir et j'avais
une façon de ne pas demander de pourboire
qui devait être irrésistible, puisque j'étais
chaque fois rappelé :

— Hé! petit...

Et quand on vous rappelle on vous donne
le double.

Un mois plus tard, je connaissais tout le
monde et je donnais aux gens leurs titres
réels, ou bien je les appelais par leurs noms
véritables — et je me suis rendu compte alors
qu'aussitôt qu'on connaît tout le monde, tout
le monde vous connaît. J'avais appris leurs
noms à tous — et voilà que, tous, ils m'appe-
laient par mon nom!

Et j'adorais ce va-et-vient continuel de
voyageurs. Ceux-ci restaient une semaine,
certains restaient un mois, et d'autres, plus
nombreux, venaient pendant deux jours pour

se montrer bien plus encore je crois qu'ils ne venaient pour voir.

On entrait. On sortait. Il m'arrivait d'ouvrir et de fermer la porte cinquante fois de suite. Et, tout bas, pour moi seul, je disais : « Sortez! Entrez! Entrez! Sortez! » Et j'avais l'impression que tout ce monde m'obéissait et que c'était vraiment moi qui le créais, ce va-et-vient!

Et les lettres pliées en deux, les billets doux que des messieurs me remettaient! J'en avais quelquefois cinq ou six dans ma poche.

— Va porter ça tout de suite, à la dame, tu vois, qui a le chapeau rouge là-bas...

— Guette la dame brune qui cause avec le vieux monsieur, devant la caisse, et dès que tu la verras seule...

Ah! si j'avais voulu — ou bien si je m'étais trompé sans le vouloir — que de drames, de catastrophes!

Mais je ne me serais pas trompé pour un empire : j'aimais trop ça! Être mêlé à des histoires d'amour, à des secrets — penser que j'en étais l'unique confident, c'était exquis! Dame, j'étais fatalement le premier à tout connaître — et le monsieur qui avait écrit la lettre savait après moi si la dame répondait : oui.

Quelquefois, pas méchant, certes, mais diabolique, je ne rapportais pas tout de suite la réponse. Je la gardais pour moi tout seul. Je me cachais dans un coin d'ombre et je la savourais. La jolie dame avait dit « oui »! Donc, elle allait faire ce que le monsieur lui demandait. Et ce qu'il lui demandait de faire, c'était évidemment la chose, la fameuse chose dont on parlait sans cesse à l'office, aux courriers, qui a tant de noms différents, dont les uns sont doux à l'oreille, dont les autres sont plus évocateurs, mais vilains. Et, pour la faire, cette chose, ils allaient aller se cacher — et se coucher. Et je l'enviais, cet homme!

A quand mon tour?

Bientôt, peut-être.

Puis, troublé, rougissant, je revenais vers lui. Mais comme j'en étais jaloux, il ne me déplaisait pas de faire encore un peu durer son angoisse.

— Alors? me disait-il.

— Eh bien, alors... voilà...

Et j'allongeais ma phrase, et je prenais des temps :

— J'ai remis la lettre à cette dame...

— Oui, et alors??

— Alors, cette dame, sans avoir l'air de rien, l'a ouverte... et elle l'a lue...

— Et alors???

— Alors, ma foi, après... elle m'a regardé un instant... et elle m'a dit de vous dire que c'était entendu!

— Dis-le donc, petit monstre!

Et pendant qu'il cherchait dans sa poche un pourboire, je voyais dans ses yeux qu'il la voyait, lui, déjà nue — et je la voyais nue aussi!

Et quand, deux heures ou cinq minutes plus tard, elle allait le rejoindre au 37, au 112, ou bien au 310, moi, j'allais coller mon oreille à leur porte et l'œil à leur serrure, pour tâcher de les voir, pour essayer de les entendre...

V

Paris

Après Trouville, ce fut Paris — Paris que j'allais voir pour la première fois.

Sur la recommandation d'un maître d'hôtel influent, j'avais obtenu sans difficulté une excellente place de groom à l'hôtel Scribe — étant entendu qu'à l'ouverture de la saison de Trouville je reprendrais, là-bas, mes fonctions.

Paris!

Grande impression, dois-je le dire — mais pas très bonne impression, je dois le dire. Non. Trop de monde. Ou, plus exactement, trop de mondes, au pluriel. Trop de riches et trop de pauvres, trop de filles sur les trottoirs, trop de gens qui travaillent et trop de gens qui chôment. Trop de grandeur et de misère. Trop de pluie quand il pleut, trop de chaleur quand il fait chaud, et, quand vient l'hiver, trop de froid.

C'était, en vérité, trop grand, trop beau pour moi, Paris. Il m'a fallu bien des semaines, bien des mois pour en comprendre la splendeur — et, pour en goûter tout le charme, il m'a fallu bien des années.

En vérité, je crois qu'il faut *en être*, de Paris, pour se vanter de le connaître. Et, puisque je n'en suis plus, qu'on veuille bien me permettre de dire :

« Je le connais : j'en ai été! »

Si l'on me demandait aujourd'hui brusquement ce que c'est que Paris, je répondrais tout de suite :

« C'est la capitale de la France et c'est la plus belle ville du monde. »

Puis, je réfléchirais — et j'ajouterais :

« C'est autre chose également. Et c'est autre chose en plus. »

Et j'essaierais de l'expliquer.

Je dirais :

« Toutes les villes ont un cœur, et ce qu'on appelle le cœur d'une ville, c'est l'endroit où son sang afflue, où sa vie se manifeste intensément, où sa fièvre se déclare, sorte de carrefour où toutes ses artères paraissent aboutir. Mais le cœur de Paris a ceci de particulier, c'est que chacun le place où il l'entend. Chacun a son Paris dans Paris. Le mien commence à l'Arc de Triomphe et se termine place de la République — en passant par les Champs-Élysées, la rue Royale et les Grands Boulevards. Le boulevard Haussmann le limite à sa droite et la Seine à sa gauche. Passy, La Villette, Grenelle, Montmartre, dont on dit que ce sont des quartiers de Paris, pour moi sont de petites villes — avec leur physionomie, leurs habitudes, leurs coutumes, et souvent aussi leur accent. Un petit garçon né à Grenelle ne parle pas du tout de la même manière qu'un petit garçon né à Ménilmontant. Si mon Paris à moi est limité par la Seine, c'est que sur la rive gauche de ce fleuve se trouvent installées la Politique, la Justice, l'Instruction, les Prisons et ces grandes Maisons sinistres où l'on vous soigne — tout cela ne m'est pas extrêmement sympathique. La Chambre des Députés, le Palais de Justice, l'Institut, la Sorbonne, l'Odéon, le Panthéon et le Jardin des plantes lui-même — non, vraiment, je ne vois pas de place pour moi dans tout cela. La rive gauche a sa grandeur, et la beauté de ses monuments est évidente, mais c'est un quartier grave et les costumes modernes ne lui vont pas très bien. C'est toujours un peu Lutèce — et l'on n'est Parisien que dans mon Paris à moi. Ce que les Parisiens appellent entre eux Paris n'en est, en vérité, que la vingtième partie — et le nombre des Parisiens n'excède pas trois mille personnes. C'est dix salles de restaurant, c'est l'avenue du Bois — du côté gauche — entre onze heures et midi, c'est le pesage entre deux et cinq, c'est la rue de la Paix de cinq à six, les Acacias — du côté droit — de six à sept, c'est la générale et la première d'une pièce : c'est peu de chose, si l'on veut et, si l'on veut, c'est capital. Être Parisien, ce n'est ni une fonction, ni un état, ni un métier — et cependant c'est tout cela. C'est unique et c'est inestimable — et ce n'est d'ailleurs pas à vendre. On en est, ou on n'en est pas. Et ceux qui n'en sont pas se demandent chaque matin ce qu'ils pourraient bien faire pour en être — et ceux-là n'en seront jamais! Car, être de Paris, ce n'est ni une question de volonté, ni une question de fortune. Ce n'est même pas une question de valeur. C'est un indéfinissable mélange d'esprit, de goût, de snobisme, de jobardise, de bravoure et d'amoralité. On ne doit pas savoir au juste pourquoi on en est — et l'on doit seulement savoir pourquoi les autres n'en sont pas. Un Espagnol ne peut pas être Londonien, un Anglais ne peut pas être Berlinois : un Albanais peut être Parisien. Car pour en être, il ne s'agit pas d'être né à Paris — ni même en France. Il faut autre chose. Il faut être adopté par tous, sans que personne en ait parlé. Il y a dans ces élections quelque chose d'assez mystérieux, une sorte d'entente secrète. On est naturalisé Parisien, tout d'un coup, un beau soir. Oui, tous ces gens qui se haïssent, qui ne se quittent pas de l'année, qui échangent leurs femmes, leurs maîtresses et leurs amis, qui se regardent vieillir mais ne se voient pas changer, qui composent un véritable monde — je veux dire une véritable planète — avec ses mœurs, ses récréations, ses honneurs, son honneur et ses manies, oui, tous ces gens savent tomber d'accord, en un instant, quand il le faut. »

S'il me fallait donner quelques conseils à un homme nouvellement élu Parisien, je lui dirais ceci : « Tu es élu? Parfait. Maintenant, attention — pas de gaffes! Le jour où tu as été élu, quel chapeau avais-tu? Celui-là? Bien. Mets-le. Il est vieux, dis-tu? Ça ne fait rien. Mets-le. Tu avais cette cravate ridicule? Tant pis, garde-la. Il ne faut plus jamais que tu en changes. Ceci est presque plus important que tout. Fais-toi refaire ce chapeau, fais-toi refaire cette cravate, prends modèle sur toi-même — et prends modèle aussi sur ceux qui en sont depuis trente ans. Que ta silhouette soit toujours la même, car il faut qu'on puisse te reconnaître de loin. Ta tête se fera petit à petit — c'est l'affaire d'un an ou deux. Quand elle sera faite, on la fera. C'est-à-dire qu'on fera sa caricature. Il faudra t'y conformer. C'est essentiel. Si l'on te fait un peu voûté, reste voûté. Ne grossis pas. Ne maigris pas. N'embête surtout pas les dessinateurs! Ils ne te feraient plus. Mais la mode, dis-tu? Là, je te mets tout de suite en garde. Lance-la si tu peux, mais ne la suis jamais. Tu ne dois pas être à la mode. Le vrai Parisien, c'est celui qui est en retard de quinze ans sur elle — ou en avance de quinze jours. Tu aurais l'air d'un provincial si tu suivais la mode. Voilà pour la façade. Le reste est moins facile. Au sujet de ta vie privée, on doit savoir de toi des choses assurément. Mais il n'est pas mauvais qu'elles soient imprécises. Il faut qu'on te croie marié si tu ne l'es pas — et divorcé si tu es marié. On ne doit connaître le nom de tes maîtresses que lorsque tu t'en es séparé. Il faut que tu aies l'air de cacher quelque chose, afin qu'une légende se crée autour de toi. Ainsi, sur ta fortune, il est bon que les avis soient partagés — et si tu peux laisser supposer que Napoléon III a été l'amant de ta grand-mère, ce sera excellent. Aux allusions qui t'y seront faites, tu souriras. D'ailleurs, en principe, n'avoue jamais rien — et tout ce qu'on dira de toi finira par être vrai — et tu finiras par le croire toi-même. Dans la conversation, sois optimiste, indulgent, paradoxal et cruel. Si tu as de l'esprit, sois féroce, impitoyable. Un « mot », c'est sacré. Tu dois le faire contre ta sœur, contre ta femme, s'il le faut — pourvu que le mot soit drôle. On n'a pas le droit de garder pour soi un mot drôle. Il y a des mots mortels. Tant pis! Les mots qui sont mortels font vivre du moins ceux qui les font. Être de Paris, cela nourrit son homme — et tu en vivras. Je peux même t'assurer que tu en mourras, ton chapeau sur la tête et ta cravate au cou. »

Il paraît que M. de Talleyrand disait en 1812 que ceux qui n'avaient pas vécu en 1772 n'avaient pas connu la douceur de vivre. Il ne faut donc pas s'étonner si l'on entend dire aujourd'hui que ceux qui n'ont pas vécu en 1912 ont ignoré la douceur de vivre.

Et j'ai tout lieu de penser qu'en 1972...

En vérité, je crois qu'on regrette toujours l'époque où l'on a eu vingt ans — surtout quand c'est à Paris qu'on les a eus!

En foi de quoi, je déclare qu'à l'époque où j'étais chasseur à l'hôtel Scribe, Paris m'apparaissait environ cent mille fois plus gai qu'il ne l'est aujourd'hui — et cependant je dois avouer que je m'y ennuyais mortellement et que je m'y sentais mal à l'aise.

D'ailleurs, j'avais la bougeotte. J'ai quitté l'hôtel Scribe au bout d'un mois pour entrer au Continental que je trouvais moins dans le centre. En janvier, las des hôtels, j'ai quitté le Continental pour entrer au restaurant Larue. Puis je suis devenu chasseur dans un théâtre qu'on appelait le Vaudeville et dont un cinéma a cru devoir prendre la place. Et pendant trois hivers, de 96 à 99, j'ai changé de la sorte — jusqu'au jour où mon bon génie me conduisit à Monaco.

*

Il ne m'est pas possible de raconter toutes les aventures qui m'advinrent, mais il en est une que je m'en voudrais de passer sous silence.

Étant au restaurant Larue, chasseur, j'avais fait la connaissance d'un plongeur nommé Serge Abramitch. Moitié Russe, moitié Roumain, cet homme avait un charme redoutable et singulier. Cheveux noirs ondulés, peau mate, bouche épaisse — et des yeux dont on eût dit que la pupille respirait. Au rythme de son cœur, on la voyait en effet se dilater, puis redevenir minuscule. Il était juif et semblait être Arménien bien plus que Slave.

Sans être un homme instruit, ni vraiment distingué, il avait infiniment plus de délicatesse que tous les autres employés du restaurant. Et puis, il avait cet accent musical, enveloppant, qui voudrait être persuasif, qui détourne la plupart des mots de leur véritable sens et leur confère une grâce imprévue et nostalgique. Je me sentais attiré par lui. D'autant plus qu'il me manifestait une amitié qui me flattait, je dois le dire, car il n'en était pas prodigue.

Pourtant un secret instinct me déconseillait de m'abandonner au sentiment qu'il éveillait en moi.

Nous remontions ensemble, à pied, toutes les nuits, vers Montmartre où nous habitions l'un et l'autre. Silencieux dans son service, il devenait loquace aussitôt que nous étions dehors, loin des oreilles indiscrètes. Les propos qu'il tenait alors étaient extravagants, pleins de sous-entendus et de menaces confuses à l'égard d'un homme dont il attendait prochainement la visite.

A l'en croire, cet homme s'était rendu coupable d'un nombre incalculable de forfaits.

Nous étions, à cette époque, dans la seconde quinzaine du mois de septembre 1896 — et cette visite, il l'attendait entre le 5 et le 8 du mois suivant.

A mesure que la date fatidique approchait,

sa nervosité devenait chaque jour plus évidente et ses menaces se précisaient.

Au milieu d'une rue déserte, il s'arrêtait soudain, prenait à pleines mains les deux revers de mon veston, me regardait bien en face et me disait d'une voix sourde :

— Il y a des hommes, comprends-tu, qui doivent disparaître!

Ou bien :

— Il faut que les crimes soient punis!

Et il ajoutait :

— Dieu le veut!

Je m'efforçais de paraître à ses yeux pénétré de respect pour ses convictions, mais désireux de rester étranger à ses entreprises. Cependant, je sentais que j'allais avoir à me débattre contre l'ascendant que cet homme cherchait à prendre sur moi.

Du jour au lendemain, sans m'en avoir même avisé, il vint habiter dans l'hôtel où je logeais, rue Fontaine.

Le 3 octobre, vers minuit, deux hommes haletants se présentèrent à l'entrée des salons, chez Larue, et demandèrent à voir Abramitch. C'étaient deux Russes. Je les conduisis aux cuisines. Serge les reçut dans le couloir. Ils échangèrent quelques mots à voix basse, en russe — puis ils se retirèrent.

Deux heures plus tard, nous étions attablés, Serge et moi, au fond d'un café désert de la

SERGE

rue des Martyrs. Après un long silence, il me dit tout à coup :

— Il arrive le 6.

Puis posant sa main sur la mienne, il ajouta :

— Ah! si je pouvais avoir confiance en toi!

Je ne me souciais pas qu'il eût confiance en moi, car, à n'en plus douter maintenant, Serge me réservait un rôle actif dans cette affaire où l'existence du mystérieux visiteur attendu le 6 se trouvait en danger.

Il faillit parler, mais il se ravisa :

— Demain, tu sauras tout.

Les journaux, le lendemain, annonçaient que le tzar Nicolas II arriverait à Paris, le 6 octobre.

Ce soir-là, je n'attendis pas que Serge eût fini sa vaisselle et m'en allai seul sans lui dire bonsoir — d'ailleurs formellement décidé à ne pas revenir le lendemain, puisque j'avais touché mon mois l'avant-veille.

Que n'avais-je pris la précaution de quitter mon hôtel tout d'abord!

A quatre heures du matin, on frappa à ma porte.

— Qui est là?

— C'est moi, Serge. Ouvre.

Pouvais-je ne pas ouvrir?

Il entra, suivi de deux autres Russes.

Dès leurs premiers mots, je compris que j'en savais trop déjà et qu'il allait m'arriver malheur à moi-même, un malheur immédiat si je leur refusais mon concours.

Je doute que jamais des hommes dépensèrent en vue d'une bonne action plus d'éloquence persuasive et convaincante!

A sept heures du matin, les rôles étaient distribués, l'affaire était conclue. Par un faux policier russe, anarchiste lui-même, j'allais être introduit dans le ministère des Affaires étrangères qu'on préparait pour recevoir le souverain.

Ouvrier occasionnel, accompagnant trois tapissiers du garde-meuble chargés de déplacer d'un mètre le tapis sur lequel reposait le lit du tzar, mon rôle, à moi, se bornerait à oublier sous ce lit un objet de petit volume, ne dépassant la taille ni le poids d'une boîte de sardines. Je ne courais aucun danger — d'aucune sorte — et cinq mille francs me seraient remis dans la soirée.

Nous ne devions plus nous adresser la parole jusqu'au 6. Le 6, à six heures du soir, nous devions nous retrouver au restaurant Le Doyen dans un salon particulier. C'est à ce moment-là que l'objet me serait remis.

Que les personnes soucieuses de vérifier l'exactitude des faits que je rapporte veuillent consulter les journaux du 7 octobre. Elles y liront qu'à la dernière minute il fut décidé que le tzar Nicolas II ne coucherait pas au Palais d'Orsay — mais bien à l'ambassade de Russie, rue de Grenelle. L'ancien hôtel de la duchesse d'Estrées, bâti par Cotte en 1713, devait prendre pendant quarante-huit heures le nom de Palais Impérial. Elles y verront également que trois hommes avaient été arrêtés la veille dans un restaurant des Champs-Élysées et que l'un d'eux était porteur d'une boîte de métal blanc dont le contenu ne laissait aucun doute sur les intentions criminelles de ces trois personnages.

Il n'est pas beau de se vanter d'avoir un jour écrit une lettre anonyme. Aussi je ne m'en vante pas. Je ne m'en accuse pas non plus. Je le raconte.

VI

Monaco

J'ai tout de suite été conquis par Monaco.

Je ne me prétends pas plus malin qu'un autre, ni plus sensible assurément, mais je crois bien que, dès l'abord, j'en ai saisi le sens et compris le destin.

Il est bien vu, actuellement, de ne pas aimer Monaco, de trouver cela désuet, très « avant-guerre ». Mais ce n'est pas une opinion, c'est un décret. Il existe, en effet, des hommes dont c'est la fonction — je dirai même le métier car ils en vivent — de décréter que tel écrivain, tel restaurant, tel peintre ou tel endroit n'est plus en vogue désormais — vous désignant du même coup l'écrivain qu'il *faut* lire, le peintre qu'il *faut* admirer, l'endroit où l'on *doit* aller. Pilotes du dernier bateau, ils indiquent la route aux moutons de Panurge.

Or, j'ai vécu là-bas pendant dix-huit années — de 1899 à 1917, donc de dix-sept à trente-cinq ans — et je n'ai rien ignoré de ce petit pays. J'en sais l'histoire et la légende. J'applaudis à sa raison d'être, et, si j'en ai goûté le charme, je me flatte d'en avoir également savouré l'exceptionnelle cocasserie.

Un auteur, dont le nom m'échappe, en voulut faire une opérette, récemment. Je ne suis pas expert en la matière, mais il me semble bien que c'était une erreur.

Monaco?

On ne peut pas en faire une opérette : c'en est une!

Il suffit de s'en approcher pour s'en convaincre.

Qu'est-ce que c'est que Monaco?

Géographiquement — c'est un rocher en forme de tête de chien qui n'a guère plus de 600 mètres de longueur sur une largeur d'environ 200 mètres.

Historiquement — la légende, accréditée par Apollodore, veut que ce soit Hercule qui l'ait fondé. Je n'y vois, pour ma part, aucun inconvénient. Denys d'Halicarnasse et Diodore de Sicile, qui n'ont jamais passé pour être des farceurs, se sont faits l'écho de la chose.

Donc, inclinons-nous. Toute controverse à ce sujet nous entraînerait vraiment trop loin.

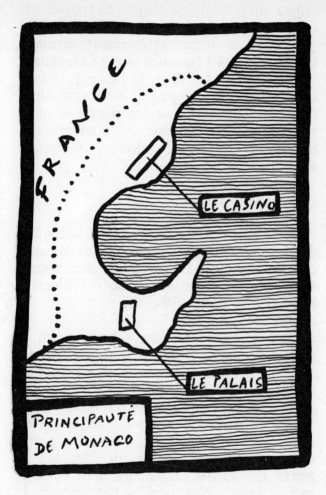

D'autre part, nous savons que les seuls objets antiques qu'on ait jamais trouvés sur ce rocher sont quelques monnaies romaines. Je trouve ce détail extrêmement amusant. On ne pose pas à terre des pièces de monnaie, on ne laisse pas traîner de l'argent, comme cela, sur le sol. L'argent qu'on trouve ainsi, c'est de l'argent qui a été perdu — et je trouve qu'il est extrêmement amusant, oui, de penser que dans l'antiquité, on perdait déjà de l'argent à Monaco.

Première indication.

Parlerai-je des Sarrasins, de l'abandon des droits des comtes de Provence sur Monaco, des combats incessants qui se livraient autour de ce rocher qu'on s'arrachait? Parlerai-je des Guelfes et des Gibelins?

Oh! Dieu, non.

Mais je voudrais dire deux mots d'un certain François Grimaldi qui, le 8 janvier 1297, se présenta aux portes de la citadelle construite par Fulco del Castello en 1215.

De ce noble Génois, admirons le sans-gêne.

Il avait revêtu le costume d'un moine, et, à la faveur de ce déguisement, les portes s'étaient ouvertes devant lui. Une troupe armée de Guelfes, dissimulée dans l'ombre, se précipita à sa suite dans l'enceinte de la forteresse et massacra toutes les personnes qui s'y trouvaient.

Cette façon d'agir était brutale, j'en conviens, mais ce qui est fait est fait, et ce jour-là, le 8 janvier 1297, François Grimaldi établissait à Monaco une dynastie qui devait être un jour la plus vieille dynastie d'Europe.

Que fera désormais ce Grimaldi sur son rocher?

Se contentera-t-il de le défendre?

Non. Il arrêtera les navires étrangers qui passeront à sa portée.

Les pillera-t-il?

Disons qu'il les invitera, d'une manière un peu péremptoire parfois, à participer au bien-être de ses sujets.

Intéressante initiative. Seconde indication.

Ce prince aura servi d'exemple à tous ses successeurs, à tous ses descendants. Les mœurs se sont très adoucies depuis le Moyen Age. C'est sans coup férir aujourd'hui que les yachts sont invités à s'arrêter dans les eaux de la Principauté, et que de beaux messieurs, tout cousus d'or, capitaines improvisés, y font escale et, bénévolement désormais, contribuent au bonheur du peuple minuscule.

Dynastie d'ailleurs respectueuse de toutes les traditions léguées par ses ancêtres, car, se souvenant que Rainier Grimaldi fut amiral de France, en 1304, le prince actuel n'a-t-il pas mis son épée au service de la France en 1914?

*

Oui, c'est une opérette!

Voyez donc cette principauté souveraine composée d'une ville et d'un village, ce pays qui n'existe pas puisqu'il n'a pas de nom!

En effet, Monaco, c'est le nom du village. Monte-Carlo, c'est le nom de la ville. Mais le nom du pays, quel est-il?

Quand vous y êtes, vous n'êtes pas *en* Monaco, comme vous pourriez être *en* France, *en* Italie ou *en* Norvège. Non, vous êtes *à* Monaco, comme vous seriez *à* Carcassonne, *à* Pampelune, *à* Constantine. C'est une principauté, mais ce n'est pas un pays.

Or, j'aime cette ville et ce village qui se touchent à la façon des extrêmes.

Car si le village est ancien, la ville, elle, est moderne — et s'il est monégasque, elle est cosmopolite. Chaque étranger peut se vanter d'y être absolument chez lui. Et c'est un cas unique. On y voit des Anglais, des Russes, des Cubains — comme partout ailleurs — mais ce qui fait qu'ils sont chez eux, plus que partout ailleurs, c'est qu'il n'y a pas de

Monégasques à Monte-Carlo. Ce n'est pas une ville étrangère : c'est une ville pour étrangers.

Alors, les Monégasques, où sont-ils?

Au Casino, croupiers.

On n'est pas croupier, on *naît* croupier, à Monaco. C'est une charge héréditaire. Tout Monégasque, à sa naissance, trouve en effet dans son berceau le traditionnel râteau noir du croupier.

Mais, qu'on l'observe également, si l'on ne rencontre pas de Monégasques à Monte-Carlo, on n'en rencontre pas ailleurs non plus. En Turquie, en Belgique, en Égypte, il n'y a pas de Monégasques. Il n'y en a nulle part.

Et comment voudrait-on qu'il en fût autrement : ils sont 12 000 en tout!

Retirons les enfants, les femmes et les vieillards. Comptons 3 000 enfants, 6 000 femmes et 1 000 à 1 200 vieillards : il ne reste environ que 2 000 croupiers. On conviendra que c'est bien juste.

Car ils ne sont que 12 000 Monégasques!

Il est vrai qu'on ne pourrait pas en mettre davantage. Mais il ne faudrait pas en retirer non plus. Il en manquerait.

En outre, signalons ce fait exceptionnel : il n'y a pas de Monégasques qui soient riches.

On n'entend en effet jamais parler d'un

« riche Monégasque », d'une « millionnaire Monégasque ».

Il n'y a pas de riches Monégasques pour la bonne raison qu'il n'y a pas de pauvres Monégasques. Or, l'idée de devenir riche ne peut venir qu'à un pauvre.

Un homme qui vient au monde avec sa place désignée d'avance à telle table de roulette, un homme qui n'a pas d'impôts à payer — et c'est le cas des Monégasques — peut-il concevoir une plus agréable existence que la sienne?

Oui, c'est une délicieuse opérette en deux tableaux, en deux décors très différents, le décor de la ville et celui du village. Au milieu du village : un palais. Au milieu de la ville : un casino. Au palais règne un prince. Au casino règne un dieu : le Hasard!

Pour aller au palais, toutes les routes montent. Elles descendent toutes pour aller au casino — ou, plus exactement, elles vous y conduisent.

*

Parlons-en de ce casino!

Il est des villes où l'on construit des casinos. A Monte-Carlo, on a construit d'abord un casino, autour duquel toute une ville s'éleva.

Il est parfait, ce casino.

On a bien fait d'en faire un autre. Il est superbe, le nouveau. Mais ce n'est pas un casino : c'est une banque. Les lignes en sont harmonieuses, il est solide, il est très beau, certainement, mais c'est l'ancien qu'il faut aimer et quand je dis qu'il est parfait, j'entends par là qu'il porte bien la marque de son temps. Et je ne suis surtout pas pour qu'on le rajeunisse! Je ne suis pas non plus pour qu'on le laisse se culotter. Et c'est parce qu'il n'est pas digne de vieillir qu'il faut qu'on le nettoie, qu'on le repeigne constamment et qu'il soit là, toujours, tout neuf, avec ses ornements blafards, ses sculptures de plâtre, allégoriques mais insensées.

Qu'on ne porte jamais la main sur ce témoin — démodé, mais intact — d'un passé mémorable et fructueux!

On dit de lui qu'il est de style Renaissance. Comme les buffets du faubourg Saint-Antoine sont Henri II, oui. Il n'est pas Renaissance. Il est IIIe République, en diable. Il l'est à hurler!

On lui reproche son architecture.

On a bien tort.

N'a-t-elle pas sa raison d'être?

Chaque chose à sa place.

Monte-Carlo n'est pas un paysage naturel.

Et, puisque c'est un décor, il lui fallait du carton-pâte.

Les couleurs ici sont factices, les sentiments artificiels et les fortunes y sont fictives.

Pour cet endroit baigné d'un soleil qui

n'est que le reflet du vrai soleil, peut-être, c'était le casino rêvé.

Il a l'air d'être le chef-d'œuvre en sucre de la confiserie. Il a l'air d'une gare où l'on ne délivrerait des billets que pour des directions inconnues. Il a l'air surtout d'un établissement thermal de premier ordre — en somme, il a l'air de ce qu'il est, puisqu'on y vient soigner une étonnante maladie.

Dans tous les casinos du monde, on ouvre les jeux vers cinq heures de l'après-midi. A Monaco, le traitement commence à dix heures du matin et il ne se termine qu'à deux

heures, le lendemain — et cela pendant toute l'année!

Je venais chaque matin m'asseoir sur les marches déjà brûlantes de l'escalier du grand hôtel où j'étais employé, et je regardais amusé, impressionné aussi, ces vieilles dames — car ce sont elles toujours qui sont là les premières! — qui attendent l'ouverture des portes pour aller vite, vite occuper certaines places jugées par elles favorables, parce que la veille elles avaient porté bonheur à telles autres vieilles dames!

Celles-là, on ne peut pas dire d'elles que ce sont des joueuses. Qui dit jouer dit s'amuser, quand même, un peu, de temps en temps. Elles, elles ne s'amusent pas. Elles se sont amusées peut-être il y a trente ans, pendant deux mois, pendant trois mois, mais depuis cette époque elles ne s'amusent plus. Elles sont possédées et tragiques. Elles ne courent même plus après l'argent qu'elles ont pu perdre. Elles ne l'ont pas perdu, d'ailleurs. Il est là leur argent, il est là, dans la caisse. Elles l'ont confié au dieu Hasard, il en a la gérance — et elles viennent en percevoir les intérêts tout bonnement.

Elles ont perdu jadis, mettons, 100 000 F. A 5 %, 100 000 F doivent leur donner 5 000 F de rente : une vingtaine de francs par jour, en somme — et c'est cela qu'elles viennent chercher, tous les matins, pour vivre.

Elles ont sur elles 300 ou 400 francs d'avance — car, enfin, on ne sait jamais ce qui peut arriver! — elles se sont assises et, dès la première boule, elles sont au travail. Prudentes, réfléchies — savantes! — toutes elles ont un système, et, comme elles suivent ce système, elles sont convaincues qu'elles ne jouent pas au hasard.

Si elles mettent 2 francs sur la transversale 19-24, ce n'est pas sans raison, allez, et, si vous les questionniez, elles vous l'expliqueraient. Elles vous diraient :

— Puisque le 8 vient de sortir, il faut jouer le 19-24!

Et si elles perdent, elles écarquillent leurs yeux, hochent la tête et disent avec une sincérité absolue, désarmante :

— C'est incompréhensible!

Les heures passent. Elles laissent passer les heures. Celles même des repas. Et, presque chaque jour, disons trois jours sur quatre, il arrive un moment où elles ont un bénéfice de 25 ou 30 francs. Alors, elles plient bagage et vous les voyez qui s'en vont, désolées de partir et maugréant toujours.

Si vous tendiez l'oreille en passant auprès d'elles, vous les entendriez qui murmurent :

— J'ai été bête de ne pas jouer la douzaine du milieu quand le 17 est sorti!

Ces vieilles-là, ce sont les incurables.

A l'époque dont je parle je n'étais, bien entendu, jamais entré dans les salles de jeux — et cela pour deux raisons : j'étais mineur et j'étais employé dans la Principauté. Mais pourtant mon opinion était faite, et je considérais qu'il fallait être bien bête pour risquer son argent de la sorte.

Ce que j'observais, ce que j'entendais dire autour de moi, tout venait fortifier cette opinion, sans cesse.

Que d'anecdotes savoureuses, instructives!

Mais rien ne me sembla jamais plus surprenant que le détail suivant.

François Blanc qui fonda Monte-Carlo, gagna plus de 800 millions dans cette entreprise. Or, il passait ses journées entières, assis à son bureau, attendant le résultat des parties qui se jouaient et dont il était informé heure par heure.

Que faisait-il à son bureau?

Des comptes?

Non pas.

Il faisait des réussites!

Oui, cet homme dont on disait : « Que ce soit Rouge ou Noir, c'est toujours Blanc qui gagne! » — cet homme qui donnait à jouer au monde entier occupait son temps à demander au Destin si le hasard allait ou non le favoriser!

Un jour, alors qu'un inspecteur venait de lui apprendre que le grand-duc Constantin gagnait depuis une heure au Trente-et-Quarante plus de 300 000 francs, il demanda :

— Est-il debout ou assis?

— Debout.

— Arrangez-vous pour qu'il s'asseye. Il reperdra tout.

Il savait que, pour s'en aller gagnant, il faut être déjà debout.

*

Endroit unique au monde, d'où l'on a supprimé la mort — puisqu'on ne voit jamais de morts à Monte-Carlo.

(Tout porte à croire qu'on les enterre nuitamment pour ne pas chagriner les personnes vivantes.)

Séjour enchanteur qui vit réellement de l'illusion des autres!

Étonnant point du globe où l'on ne trouverait pas cent mètres de terre labourée.

Dame, où voudriez-vous que l'on plantât des raves : il y a des hôtels partout!

Et il y en a qui sont si grands, si grands que la frontière passe entre l'aile droite et l'aile gauche.

Et si l'on vous chassait un jour de Monaco, vous n'auriez qu'à changer de chambre dans l'hôtel.

*

C'est à Monte-Carlo que j'ai fait l'amour pour la première fois.

C'était une comtesse. Plus tard, je me suis rendu compte qu'elle ne devait pas être toute jeune.

Elle vivait seule à Monaco, jouait à la roulette de cinq heures à sept heures et occupait à l'hôtel une chambre et un salon — le 107 et le 109.

Elle dînait à huit heures, toujours à la même table, mangeait peu, mais buvait à chacun de ses repas une demi-bouteille de champagne. Aussitôt après son dîner, elle montait à son appartement. J'étais liftier à cette époque. Un soir, arrivée à son étage, elle me donna 5 francs, une pièce de 5 francs — mais ce n'est pas du bout des doigts qu'elle le fit. Elle me la plaça dans le creux de la main et elle l'appuya si fort qu'elle m'en fit presque mal. Elle avait l'air de me sonner! Cinq francs de pourboire en 1898, c'était invraisemblable — et j'ai plongé tout de suite mon autre main dans ma poche pour y chercher de la monnaie.

— Non, non, c'est pour vous, me dit-elle.

Le lendemain, elle fit de même.

Le surlendemain, elle me dit en quittant l'ascenseur :

— Je n'ai pas de monnaie, venez donc jusqu'à ma chambre.

Je la suivis. Elle entra. Je restai sur le pas de la porte. Elle s'était retournée.

— Vous pouvez entrer, fit-elle.

J'entrai. Elle me regardait, rougissant un peu, et je vis qu'un louis d'or brillait entre ses doigts. Elle me le tendit, et rien n'était plus clair que ce qu'elle désirait, bien entendu. Mais, je le répète, j'avais dix-sept ans et j'étais vierge. Pourtant j'allais me jeter sur elle quand un doute soudain me prit : « Et si je me trompais? Si ce n'était pas cela qu'elle voulait? Si elle allait se mettre à pousser des cris, si elle allait sonner... »

Risque bien grand. Dilemme affreux.

D'abord, se jeter sur une femme, c'est bien facile à dire — et c'est même facile à faire. Oui, mais après? La renverser sur le lit — évidemment. Seulement, voilà, ce sont de ces choses que l'on peut très bien faire et qu'on peut faire très bien la deuxième fois. Pas la première, me semblait-il.

Alors?

Refuser les 20 francs?

C'était bien grave aussi, car c'était lui dire :

— Non, vous ne me plaisez pas!

Alors, ma foi, j'ai pris le louis d'or, j'ai balbutié quelque chose et je m'en suis allé très vite.

LA COMTESSE

Le jour suivant lorsqu'elle prit l'ascenseur, après son dîner, je la saluai mais sans oser la regarder. A l'étage, je m'effaçai pour la laisser passer, puis je refermai doucement la grille et tandis que, sous ses yeux, je descendais comme par une trappe, ainsi que Méphisto le fait quand il s'en retourne aux enfers, je la vis qui haussait les épaules avec mépris. Mon sang ne fit qu'un tour. Interrompant ma chute, je remontai vers elle aussitôt. Je quittai d'un bond l'ascenseur et sans mot dire, comme si je l'avais prise par le bras, je la dirigeai rapidement vers sa chambre.

Nous marchions côte à côte à grands pas, le regard fixe et les narines dilatées, comme des gens qui vont se battre. Arrivés à sa porte, je lui arrachai presque des mains sa clef, car elle tremblait d'aise et ne parvenait pas à l'introduire dans la serrure.

La porte refermée, je la renversai sur son lit et ne m'inquiétai plus de savoir si j'allais mal ou bien m'y prendre. Mon instinct me guidait.

Quelques instants plus tard, je n'étais plus vierge — et elle était ravie.

Le lendemain, elle me donna une chaîne de montre en or. Alors, j'ai compris et j'ai recommencé.

Deux jours plus tard, j'avais la montre.

Cela dura trois semaines, un jour sur deux.

Elle devait avoir une cinquantaine d'années. Mais, je le répète, c'est plus tard que je m'en suis rendu compte. Dès l'abord, je n'avais vu que son maquillage ardent, la blondeur de ses cheveux ondulés, ses toilettes très élégantes, nombreuses, et ses bijoux, ces énormes bijoux dont elle ornait ses bras, ses mains et ses oreilles.

Elle portait au cou des voiles vaporeux de gaze. Elle avait raison. Elle les retirait devant moi. Elle avait tort.

La veille de son départ, elle me donna mille francs.

On pensera que j'aurais dû refuser cette somme. L'idée m'en est venue — aussitôt en allée. Je l'eusse blessée en le faisant, car je comprenais bien qu'elle tenait à maintenir entre nous les distances. Pas toutes, dira-t-on. En effet, non, pas toutes. Mais, à son avis, les plus essentielles. Et je prétends que refuser ce qu'elle estimait être mon dû, c'eût été me mettre avec elle sur un pied inacceptable d'égalité. Je n'avais pas à lui faire observer que nous étions peut-être quittes. Ce que nous avions fait ensemble, elle ne l'avait fait que pour son plaisir personnel, sans s'occuper jamais du mien. Elle m'avait, en somme, fait venir comme on appelle le pédicure ou le coiffeur, pour une cause définie, pour un office déterminé. Elle avait été satisfaite de mes services — peu lui importait encore une fois mon agrément.

J'en eus d'ailleurs la preuve un instant après, lorsque nous nous sommes dit au revoir et qu'elle me refusa la main que j'avais cru devoir lui tendre.

VII

Angoulême

A vingt et un ans, je suis appelé sous les drapeaux.

On me verse dans l'artillerie et je fais trois ans de service à Angoulême.

Ce n'est pas vilain, Angoulême — mais, Angoulême pendant trois ans, c'est trop.

Et qu'on ne vienne surtout pas me dire qu'on peut mourir d'ennui. Ce n'est pas vrai. Si l'on pouvait mourir d'ennui, je serais mort à Angoulême.

Le temps s'écoulait goutte à goutte, comme s'écoule le temps perdu — et je me revois, triste et désœuvré, déambulant dans des rues montantes, dans seulement des rues montantes. Pourtant, ces rues, puisque je les avais montées, je les redescendais. Sans doute. Mais, dans mon souvenir, je me vois toujours les montant.

Je sais très bien qu'on peut passer sa vie entière à Saint-Étienne, à Château-Thierry

ou bien à Bayeux — et c'est le cas des Sté-
phanois, des Castel-Théodoriciens et des Ba-
jocasses — mais faut-il encore qu'on y soit
né, ou bien qu'on ait choisi ces villes pour y
vivre. Tandis que séjourner pendant trois
ans à Angoulême sans l'avoir aucunement
voulu, et savoir qu'on n'y reviendra jamais,
qu'on fera tout pour n'y pas revenir, c'est se
trouver dans une mauvaise disposition d'esprit pour apprécier les agréments d'une ville,
fût-elle la plus harmonieuse du globe.

Les armes d'Angoulême ne manquent pas,
à ce sujet, d'un certain à-propos. Elles repré-
sentent une porte de prison entre deux don-
jons à créneaux.

C'est l'impression que j'en conserve.

*

Il y avait bien une sorte de café-chantant,
maison mi-close que nous envahissions le soir
et dans laquelle nous nous efforcions de nous
mal conduire : refrains scandés en chœur dans
une atmosphère enfumée, pinçons tradition-
nels aux fesses des serveuses, querelles ébau-
chées sans grande conviction, dans le seul but
de créer un peu d'animation — tristes joies,
pitoyables débauches!

Agathe, Madeleine et La Rouquine, elles étaient trois : nous étions cent!

Trois filles dissemblables et cent soldats pareils — à tour de rôle!

Oui, dissemblables, et cependant c'étaient la mère et les deux filles, ces trois filles.

La Rouquine, c'était la mère.

Le père, le mari, c'était le pianiste de l'établissement. Et quant au patron du boui-boui, c'était le frère du pianiste.

Famille unie de cinq personnes convaincues qu'elles étaient les plus honnêtes gens du monde.

Agathe et Madeleine adoraient leur mère, et elles avaient une originale conception de leurs devoirs envers elle. Lorsque l'un d'entre nous avait, à plusieurs reprises, et consécutivement, fait appel aux faveurs de l'une d'elles, elle ne manquait jamais de lui dire :

— La prochaine fois, sois gentil, choisis maman!

*

Au bout de six mois, pour me distraire un peu, pour faire passer le temps, je demande l'autorisation d'aller travailler au bureau du chef. Cette autorisation m'est accordée sans peine. Mon écriture est mauvaise, mais je m'aperçois non sans surprise que j'ai la bosse des chiffres.

C'était la première fois que l'occasion m'était fournie d'en faire l'observation.

Je ne me pose certes pas en mathématicien, mais j'ai réellement le don de pouvoir résoudre mentalement un assez grand nombre d'opérations, d'ailleurs extrêmement simples en elles-mêmes, mais avec une rapidité qui n'est pas si commune.

Cette faculté m'ouvrait des horizons.

VIII

Monte-Carlo

A ma libération, je retourne à Monte-Carlo, je me fais naturaliser Monégasque et j'entre à l'école des croupiers.

Mes aptitudes et mon zèle sincère me font très bien noter. Mes progrès sont rapides, je passe brillamment l'examen — et quelques mois plus tard, je suis admis en qualité de croupier à la table n° 4, où je débute par un coup de maître : la première bille que je lance tombe dans le zéro!

Être croupier, ce n'est pas qu'une sinécure, c'est une véritable profession — et qu'on ne s'imagine pas que la chose soit si facile.

La manipulation des billes et du cylindre demande un doigté justement que l'on n'acquiert pas sans beaucoup de travail. Et quant au paiement des masses gagnantes, il exige une diligence, une infaillibilité, une adresse même dont je ne suis pas éloigné de croire qu'elles sont héréditaires dans la Principauté.

Drôle de métier, oui, si l'on veut, mais moins fastidieux qu'on ne pense, assez divers, en somme, et même distrayant, vu sous un certain angle.

Il y a deux façons, toujours, d'exercer son métier : avec ou sans plaisir. Or, si l'on veut considérer que l'on n'est pas une machine à calculer, mais bien un serviteur sensible du Destin, tout change.

Impuissant, certes, à contrecarrer ses mystérieux desseins, il vous est cependant loisible de prendre un intérêt très vif aux péripéties d'une partie qui n'est pas constamment favorable au banquier.

Vainqueur, il l'est toujours à la longue, bien entendu, mais on le voit en mauvaise posture plus souvent qu'on ne croit.

On l'y verrait plus fréquemment encore si les joueurs, se fiant à leur chance, n'opposaient pas sans cesse aux décisions *déjà prises* par le hasard une résistance fondée sur des probabilités arbitraires dont le Sort doit sourire.

En un mot si les gens jouaient réellement *au hasard*, ils courraient des risques moins grands.

Mais, là, ainsi que dans le reste de la vie, c'est leur vanité qui les mène et qui cause ordinairement leur malheur.

Puisque le banquier, lui, joue *toujours* au

hasard, et puisqu'il finit *toujours* par gagner, pourquoi ne prennent-ils pas modèle sur lui!

*

Les années passent — sans incident pour moi notable.

Des aventures passagères. Entre autres, la femme d'un facteur. Blonde, un corps ravissant et des seins minuscules. Elle m'écrivait chaque soir une lettre d'amour — en déguisant son écriture, à cause que c'était son mari qui, chaque matin, me la remettait.

*

1914.

La France ne reconnaissant pas la naturalisation monégasque, je rejoins mon corps à la mobilisation — mais ma batterie n'atteint le front que quinze jours plus tard, le 17 août 1914.

Je crois que personne n'est resté au front aussi peu de temps que moi. Nous sommes arrivés sur la ligne de feu à quatre heures du matin — et à 4 heures 1 minute, j'avais reçu un éclat d'obus dans le genou droit!

Douleur terrible. Je tombe évanoui et je suis recouvert de terre.

Quand je reviens à moi, je suis à l'ambulance.

On me raconte qu'un nommé Charbonnier m'a sauvé la vie en me déterrant et en m'emportant sur son dos. Il est blessé lui-même — hélas! bien plus gravement que moi. Je demande où il est. On me répond que l'on doit être en train de lui couper le bras.

Qui est ce Charbonnier?

Un grand garçon maigre, fils d'un agent de change, et brigadier dans une autre batterie. C'est tout ce qu'on en sait.

Je l'aperçois le lendemain. Il est sur une civière. On l'emporte. Un joli visage d'une pâleur extrême, un nez en lame de couteau et qui se grave en moi. Je voudrais pouvoir lui dire un mot, le remercier. Je n'en ai pas le temps. Et quand j'en reparle, on me répond qu'on l'a évacué sur l'arrière.

*

Réformé n° 1, avec pension, je conserve une claudication légère qui donne un peu de grâce à ma démarche paysanne — et, trois mois plus tard, je reprends le chemin de Monaco et ma place de croupier là-bas.

IX

Ma femme

J'ai fait sa connaissance en 1917.

Très brune, avec des yeux très beaux et la bouche la plus goulue, partant la plus appétissante qu'il m'ait été donné de voir.

Elle m'était antipathique — et me plaisait. Oui, je me sentais simultanément attiré par tout ce qui, précisément, me repoussait en elle et l'opposait à moi. Phénomène d'attraction qui doit relever de la physique. Mais, ignorant la physique, je ne puis l'attribuer qu'au physique.

Je l'avais observé déjà ce phénomène. Certains êtres, aussitôt entrevus, vous font faire un pas immédiat en arrière. Mais il est bon qu'on s'en méfie — ou qu'on s'y fie! — car ce pas qu'on fait en arrière, on ne le fait parfois que pour mieux prendre son élan.

Or, cette femme, que je n'ai d'ailleurs jamais aimée, allait jouer dans ma vie un rôle bref, providentiel et malfaisant.

Je l'avais remarquée à plusieurs reprises.

Aurais-je pu ne pas la remarquer, quand elle restait pendant de longues minutes, le regard obstinément posé sur moi?

D'ordinaire, elle se tenait debout, immobile, accoudée à la chaise haute du chef de partie — et elle ne commençait à jouer qu'aussitôt que c'était à mon tour de lancer la bille. Je m'étais donc vite aperçu que ce regard sans expression, dont la fixité pénétrante me troublait et me gênait, s'adressait au croupier bien plus encore qu'à l'homme.

Elle attendait patiemment l'heure et quand elle entendait enfin la phrase fatidique : « Messieurs, les boules passent! » — elle me lançait six louis qui devaient lui brûler les doigts depuis une heure, car ils étaient brûlants quand je les recevais — brûlants et moites d'être restés dans sa petite main fiévreuse si longtemps.

Elle annonçait, en les lançant :
— Le tiers du cylindre...
Elle ne jouait jamais que cela.

Ce n'est pas un système. Ce n'est qu'une manière, assez répandue, et d'ailleurs ingénieuse, de jouer douze numéros qui voisinent sur le cylindre et qui sont accouplés sur le tapis vert.

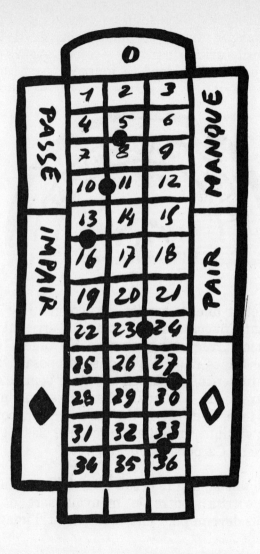

Elle devait disposer d'un capital modeste, n'avait ni chance ni malchance, et il lui arrivait parfois de perdre — ou de gagner — cinquante louis dans sa journée.

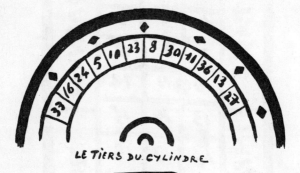

LE TIERS DU CYLINDRE

C'était une de ces femmes comme il y en a tant, joueuses dans l'âme, qui arrivent à Monaco avec une trentaine de billets de mille francs dans leur sac, se proposant de quintupler méthodiquement cette somme en quatre mois — et auxquelles, trois semaines plus tard, la direction du Casino remet, pour tout viatique, un billet de seconde classe *via* Poitiers, Carpentras ou Paris.

Ce soir-là, ayant perdu neuf fois de suite, elle s'irrita contre le mauvais sort dont j'étais devenu pour elle, assurément, l'image.

Alors, que, n'étant pas en veine, elle eût mieux fait de s'arrêter de jouer, la malheureuse s'emballa, doubla sa mise, la tripla — et, comme je m'étais permis de lui exprimer mon sentiment dans un regard aimablement répréhensif, elle eut une mimique d'une éloquence inouïe :

« Au lieu de me donner des conseils, semblait-elle me dire, vous feriez bien mieux de me donner le tiers du cylindre ! »

Et je jure que le plus misérable des êtres, le plus abandonné des hommes et des dieux n'eut jamais un visage plus désolé, plus suppliant — plus expressif.

Je devais réparer le mal que je venais de lui faire ! Elle remettait vraiment son sort entre mes mains. J'étais sa planche de salut et son ultime espoir !

Tout cela son regard le disait, le criait.

Aucunement apitoyé, bien entendu — car j'en avais trop vu déjà de cette espèce ! — mais amusé, séduit aussi par elle, je lui adressai l'esquisse d'un sourire entendu, que je crus devoir renforcer encore par un clin d'œil complice, prometteur — et pour elle seule perceptible.

Et je lançais la bille.

Elle tourna, tourna, tourna — puis ralentit sa course et, comme épuisée soudain, elle tomba dans le tiers du cylindre !

Je me souviens d'en avoir rougi jusqu'aux oreilles.

Quant à la joie de cette femme, elle était inexprimable, indescriptible — et je renonce à la décrire, à l'exprimer.

Mon impression, moins que la sienne assurément, était pourtant si vive que j'avais hâte de relancer la bille pour l'effacer — ou pour la confirmer.

La bille retomba dans le tiers du cylindre!

Elle y revint trois fois, cinq fois, dix fois.

Nous n'osions plus nous regarder.

Elle s'était assise. Ses jambes devaient trembler, comme ses mains. Elle jouait à présent par pièces de cent francs — et, lorsque les boules « passèrent », elle avait onze mille francs devant elle.

Elle joua deux fois encore — exprès, pour détourner les soupçons, sachant qu'elle allait perdre, le désirant peut-être même. Elle perdit — puis se leva et disparut rapidement sans m'adresser même un regard.

Le chef de partie ne s'était aperçu de rien, les répétitions du tiers du cylindre ne provoquant jamais chez les joueurs de ces réactions violentes dont le 17, le 32 et le zéro ont seuls le privilège quand ils sont redoublés.

Que s'était-il passé?

Que s'était-il *exactement* passé?

Mon intention avait été formelle. Soit. Mais allais-je en conclure...

Je n'en ai rien conclu — mais je n'en ai tout de même pas dormi une seconde de la nuit, ce jour-là.

La chose — ou le miracle! — allait-il se reproduire le lendemain?

D'ailleurs, elle-même, allait-elle revenir? Ne courait-elle pas depuis huit ou dix jours après cette somme que je lui avais fait gagner? N'était-elle pas partie déjà?

Elle n'était pas partie, et la chose se renouvela le lendemain.

Cette nuit-là, j'en ai conclu qu'un miracle se produisait, car j'avais observé qu'en l'absence de cette femme, il m'était impossible d'envoyer volontairement la bille dans l'un des secteurs du cylindre, que ce fût celui-ci, que ce fût celui-là. Même approximativement, je n'y parvenais pas. Donc, il y avait entre elle et moi ce je-ne-sais-quoi dont j'ignore le nom, et qui manquait à l'un comme il manquait à l'autre — et qui se produisait quand nos deux volontés se trouvaient conjuguées. Et ce je-ne-sais-quoi, libre à moi de l'appeler : miracle. Mon intention n'était pas d'embarquer Dieu dans notre aventure et de lui donner une part de responsabilité dans une action délictueuse, en somme — et j'attribuais tout bonnement ce miracle à l'ascendant physique et singulier que cette femme avait sur moi. Elle, elle était la tête et moi j'étais le bras. De ce fait, j'étais moralement bien moins coupable qu'elle. Mais comme, d'autre part, mon risque était plus grand, n'était-il pas normal qu'un partage équitable des bénéfices fût dès lors institué — d'ailleurs rétroactif?

Allais-je continuer d'enrichir cette inconnue?

Mais non!

Donc, au plus tôt, il convenait que nous nous missions d'accord.

Oui — seulement, voilà : comment le conclure, cet accord? — et dans quels termes?

Un contrat?

Était-elle honnête — en dehors du jeu?

Et puis, quelle est, devant la loi, la valeur d'un contrat ayant pour objet le partage d'un vol?

Quelle nuit, encore, j'ai passée!

Cependant j'ai dormi. Pas longtemps. Le temps qu'il m'a fallu pour qu'en rêve je visse que les billes blanches de la roulette n'étaient pas blanches, non, mais grises. Et il y en avait plusieurs. Elles se couraient les unes après les autres dans le cyclindre. Il me semblait les reconnaître. Je les avais donc déjà vues?

Oui, c'étaient mes huit sous de billes qui revenaient dans mon sommeil et qui me trottaient encore par la tête.

A mon réveil, j'avais trouvé.
Un seul contrat entre elle et moi pouvait me mettre à l'abri — de toutes les manières.

Le soir même, l'ayant guettée, l'ayant suivie, l'ayant rejointe, puis l'ayant entraînée loin des oreilles indiscrètes, je fis sa connaissance. Court entretien, mots essentiels et phrases brèves. C'était à prendre ou à laisser. Accord précis rapidement conclu dans l'ombre — et douze jours plus tard, à la mairie de Saint-Martin-de-Vésubie, je me mariai sous le régime de la communauté avec Henriette Gertrude Bled, épouse divorcée d'un colonel bulgare.

J'avais demandé quinze jours de congé que j'avais obtenus. Ces quinze jours, nous les passâmes dans une auberge de village, à 50 kilomètres de Monaco, et nous les consacrâmes à l'établissement d'une sorte de martingale sur le tiers du cylindre. Martingale raisonnée, raisonnable, et qui devait nous laisser, au bout d'un mois et demi de travail, un bénéfice net d'un million sept cent mille francs.

MA FEMME

Elle et moi, nous avions appris par cœur tout ce que nous avions convenu de faire, car il était prévu même des coups perdants, destinés à détourner l'attention des surveillants — et toute erreur de sa part aussi bien que de la mienne pouvait nous mettre dans une situation plus que fâcheuse : inextricable.

C'était, si ma mémoire est fidèle : deux coups de gain, un coup de perte, trois coups de gain très fort, puis un coup de gain très faible, et pour finir un coup de perte assez important — et nous recommencions.

Nous disposions d'un capital commun de trente-huit mille francs.

Le surlendemain de notre mariage, je reprenais, le cœur battant, ma place à la table de roulette, tandis qu'elle reprenait discrètement la sienne — et je lançai la bille...

ET, DÈS LORS,
IL ME FUT IMPOSSIBLE DE L'ENVOYER
DANS LE TIERS DU CYLINDRE !!!

Elle était comme ensorcelée!

Je donnais le 32, le 3, le 26, le 15, le 19 — oui, je faisais sortir les voisins du zéro, l'un après l'autre, malgré moi — et je ne parvenais pas à donner le tiers du cylindre!

Je me sentais devenir fou!

Elle, elle n'osait pas modifier son jeu, elle continuait de miser selon la règle établie entre nous — et notre capital s'en allait, s'épuisait, se consumait!

Et je devais le ratisser moi-même!

Heure tragique!

Et je ne pouvais lui faire aucun signe — je me sentais surveillé. Je l'étais en effet, car mon absence avait déjà semblé très anormale.

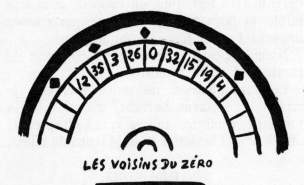

LES VOISINS DU ZÉRO

C'était affreux — et cela continuait!
Le 12! Le 35! Le 3! Le 26!
Le zéro!
Le zéro!
Le zéro!
Le zéro!

Donner de temps en temps le zéro, c'est se faire bien voir, mais le donner trois fois de suite, c'est très grave.

Et je venais de le donner quatre fois de suite!

Et tout le monde le jouait — oui, tout le monde, excepté *nous*, car elle n'avait plus un centime sur elle!

Le 32!

Le zéro!

Le 26!

Je faisais un effort incroyable de volonté pour que la bille n'allât pas dans le secteur damné du zéro, car l'œil du chef de partie s'arrondissait, terrible, menaçant. C'était en vain!

Tous les joueurs éperdus chargeaient les voisins du zéro — et la banque sauta!

*

Deux heures plus tard, j'étais chassé du Casino — et dans le minimum de temps prévu par le législateur, nous étions divorcés.

*

Donc, j'avais *voulu* tricher, mais je n'avais *pas pu* le faire, malgré tous mes efforts.

Or, si j'avais pu tricher, personne ne s'en serait aperçu, puisqu'on a cru que je trichais alors que, justement, je ne parvenais pas à le faire. Et si l'on m'a renvoyé, c'est, en somme, parce que je n'avais pas triché.

Quelle est la première pensée qui peut germer dans la cervelle d'un homme puni pour n'avoir pas triché?

Tricher!

Parfaitement.

Et voilà la raison pour laquelle je suis devenu tricheur.

X

Je triche

J'ai commencé modestement.

Je connaissais, je crois, toutes les façons de s'y prendre, tous les moyens de le faire. La direction, d'ailleurs, elle-même, nous les enseigne, à nous croupiers. Notre devoir, en effet, n'est-il pas de seconder les surveillants et de leur signaler les personnes qui jouent d'une manière incorrecte? Et j'avais eu maintes fois l'occasion d'en démasquer de cette espèce, aussi bien au baccara qu'à la roulette. Il y a cent façons de tricher, mais il n'y a guère que trois sortes de tricheurs.

Tout d'abord, il y a le joueur qui triche — qui ne triche que parce qu'il joue. Qui le fait sans méthode, sans préméditation, d'une manière presque inconsciente, involontaire, et dont on sent très bien qu'il est parfaitement honnête en dehors du jeu.

Il y a l'homme qui joue incorrectement parce qu'il est incorrect d'un bout à l'autre de la vie — et qui doit penser que ce n'est vraiment pas le moment de cesser de l'être!

Enfin, il y a le tricheur de profession, conscient et organisé.

Cette espèce-là, la seule intéressante en somme, se divise ellé-même en trois sortes d'individus : le tricheur solitaire, le tricheur en association à deux, et celui qui fait partie d'une bande de tricheurs.

La triche solitaire a de gros avantages, et c'est assurément celle que je préfère.

La triche à deux offre des possibilités tout de suite plus grandes, mais elle est pleine de dangers et d'aléas. Le partage des bénéfices est matière constante à discussion et vous êtes sans cesse à la merci de votre associé — à sa discrétion.

La triche en bande vous offre d'une part une sécurité qui n'est certes pas négligeable, car en dehors de votre participation, dont le pourcentage varie selon vos aptitudes, vous avez un fixe qui vous assure l'existence. Mais, d'autre part, si vous n'êtes pas l'un des deux ou trois grands patrons, vous êtes astreints à des déplacements fatigants, à des besognes ennuyeuses. Joueur hier à Ostende, vous pouvez être aujourd'hui croupier à Paris-Plage, demain valet de pied à Biarritz. Vous ne pouvez jamais prendre aucune initiative, bien entendu, et vous faites partie de cette bande comme on fait partie d'un mécanisme. Vous en êtes un rouage, une pièce détachée — et vous vous rendez compte, n'est-ce pas, des difficultés que vous

auriez à en sortir? Vous êtes liés les uns aux autres par un secret qui représente vingt secrets — et celui qui veut s'éloigner risque, non pas sa vie, mais bien son existence.

Je n'ai jamais fait partie d'aucune bande, et s'il m'est arrivé parfois de tricher à deux, par complaisance ou bien par intérêt, pour n'être pas vendu par un confrère, je l'ai fait rarement — et je puis dire que je suis le type accompli du tricheur solitaire.

Qu'il y ait de plus beaux métiers, qu'il y en ait même de plus lucratifs, qui le contestera? — mais je n'en connais pas qui soient plus amusants. On est en même temps le chasseur et le gibier.

Je voudrais m'expliquer sur ce point.

On assimile les tricheurs aux voleurs. J'estime qu'on a grand tort.

Voler, c'est prendre à des personnes foncièrement honnêtes de l'argent qu'elles n'avaient pas exposé — et c'est très mal. Tandis que tricher, c'est contrecarrer les intentions du hasard et c'est s'approprier des sommes que des gens avaient eu l'imprudence ou la présomption d'engager dans un but répréhensible de lucre et avec le secret espoir d'être favorisés tout à la fois par le destin et par les fautes de leur adversaire. C'est déjouer leurs calculs et ce n'est pas seulement s'opposer à l'œuvre du hasard, c'est se substituer à lui.

Je triche — donc, le hasard, c'est moi.

Telle était du moins mon opinion formelle en 1917.

A cette époque, j'avais pour les joueurs un absolu mépris. Observateur involontaire, je m'étais convaincu qu'à l'exception d'un homme sur vingt, d'une femme sur quarante, les joueurs n'étaient que des canailles ou des imbéciles — ces derniers se trouvant en écrasante majorité, bien entendu.

Les canailles, à la roulette, n'ont guère l'occasion de montrer leur ingéniosité, de prouver

leur adresse. Les intérêts de la maison étant directement en cause puisque c'est elle le banquier, la surveillance est rigoureuse, inexorable.

A titre indicatif, vous ne pouvez vous y

prendre que de trois ou quatre façons, pas davantage :

1º La poussette aux chances simples;

2º La récolte des orphelins;

3º La modification de la place d'une mise ne vous appartenant pas.

La poussette ne peut se faire qu'avec des sommes dérisoires — et les risques sont grands pour un bien mince bénéfice.

Car n'oubliez jamais que pour avoir fait trois fois de suite la poussette, pour avoir en somme gagné dix ou cinquante louis, vous êtes à jamais exclu des salles de roulette.

Je dis bien *à jamais*, car il existe à Monaco une douzaine d'individus qui possèdent le don singulier de pouvoir reconnaître à dix ans de distance tel visage entrevu pendant quelques secondes. On les appelle « les physionomistes ». Lorsque la direction vous retire votre carte, on vous fait passer devant eux. Plus infaillibles qu'aucun système anthropométrique, ils vous regardent bien — de face et de profil. Votre taille et vos traits sont désormais gravés en eux. Vous pouvez laisser pousser votre barbe, vous pouvez vous raser si vous portez la barbe, vous pouvez vous coller des moustaches, mettre des lorgnons noirs, vous dessiner des cicatrices sur les joues : je vous défie d'entrer là-bas.

Avant même de vous avoir personnellement reconnu, ils auront reconnu ce regard un peu trop fixe ou trop mobile des personnes qui voudraient justement n'être pas reconnues.

La récolte des orphelins — c'est-à-dire des mises donc ceux qui les ont placées ne se souviennent pas bien si elles leur appartiennent ou non, tant ils en ont placé d'autres — cette récolte présente les mêmes inconvénients que la poussette aux chances simples. Elle exige en outre un véritable don d'observation, car il faut saisir dans les yeux du gagnant ce doute imperceptible dont vous allez faire votre profit.

Je voudrais me faire mieux comprendre. Supposons qu'il s'agisse d'une pièce placée à

cheval sur le 12-15, c'est-à-dire sur la ligne qui sépare le numéro 12 du numéro 15. Le 15 sort — et la personne qui a placé cette pièce va toucher 17 fois sa mise. Un instant plus tard, le croupier, payant les mises gagnantes, demandera :

— A qui est le cheval du 12-15?

Si celui qui l'a joué ne le dit pas tout de suite, s'il esquisse le geste vague de l'homme qui n'est pas très sûr que ce soit lui, ne perdez pas une seconde, dites :

— Ici.

Et vous verrez alors une chose extrêmement curieuse. Plus l'homme que vous serez

en train de voler sera honnête, plus il renoncera vite à ses droits dans la crainte de passer à vos propres yeux pour un malhonnête homme.

Mais si, n'étant pas certain d'avoir placé la pièce, vous le voyez qui s'obstine à en demander le paiement, obstinez-vous vous-même — et sans aucun remords, car il est presque aussi voleur que vous, puisqu'il n'est pas certain d'avoir joué cette pièce et puisqu'il ne sait pas que vous êtes un tricheur.

Le pire qui puisse vous arriver, c'est qu'on vous paie tous les deux.

La modification de la place d'une mise appartenant à autrui offre à mon sens plus d'intérêt, mais, si elle demande moins de psychologie que la récolte des orphelins, elle exige, en revanche, une véritable adresse.

Vous cherchez un joueur à système, un de ces êtres convaincus qu'ils ont enfin trouvé l'infaillible moyen de faire un jour sauter la banque. Ils se livrent à des calculs mystérieux et jouent toujours en conséquence du numéro qui vient de sortir. Ils placent rapidement deux, trois, quatre ou six pièces. Ils les placent eux-mêmes et, d'ordinaire, ils se soulèvent pour le faire — puis ils retournent à leurs calculs. Le moment est venu d'avancer votre bras et de déplacer l'une de ces mises.

Supposons que votre calculateur ait placé cent francs sur le 30. Sous prétexte de mettre cinq francs sur le 32, vous faites glisser avec la paume de la main la plaque de cent francs

du 30 au 33. Si le 33 sort, on vous le paie
— et votre homme n'a rien à dire. D'ailleurs,
il entend annoncer que le 33 a gagné sans
même relever la tête. Peu lui importe. Et si
le 30 sort, vous vous éloignez lentement en
laissant votre homme se débrouiller avec l'ad-
ministration.

Mais il est une quatrième façon de vous y
prendre, infiniment plus intéressante, et que
je vous recommande.

Elle nécessite un associé.

Votre associé est assis à la table. Vous êtes

debout en face de lui. Vous ne vous parlez pas, bien entendu, vous ne vous faites aucun signe sous quelque prétexte que ce soit. La bille est partie. Elle tourne. Vous la guettez. Au moment exact où elle tombe dans le 17 — je suppose — vous avancez rapidement le bras et vous posez *six* plaques de cent francs sur le numéro 17, en disant :

— Vingt-cinq louis au 17.

Le croupier bondit.

— Trop tard, monsieur!

Docile, vous retirez votre mise — mais votre associé bondit à son tour et s'écrie :

— Pardon, monsieur, j'avais mis cent francs au 17!

Vous comptez rapidement vos plaques de cent francs, vous convenez de votre « erreur » et vous vous en excusez en replaçant une plaque sur le 17.

Le croupier paie alors à votre associé 3 500 francs.

Mais ne vous avisez jamais de tenter l'expérience deux fois de suite à la même table, car vous seriez, l'un et l'autre, dirigés vers la sortie sans aucune marque de respect.

Au chemin-de-fer, la partie se joue entre joueurs, et les intérêts de la maison n'étant pas menacés, la surveillance est bien moins grande. Là, vingt moyens s'offrent à vous de vous conduire irrégulièrement. Je devrais dire qu'ils s'offraient à vous, car depuis l'invention des sabots dans lesquels on emprisonne les cartes, ils vous est devenu impossible, à moins que nous n'ayez des complices, de déposer subrepticement sur le jeu ce qu'on

appelle une portée — 16 ou 18 cartes. Ces portées préparées à l'avance assurent au banquier une passe de quatre coups gagnants.

Et laissez-moi vous indiquer, sans aller jusqu'à vous les conseiller :

1° La poussette;

2° L'emplâtre;

3° Le quillage;

4° Le 9 de campagne;

5° Enfin les séquences, dont l'une d'elles, la plus fameuse, est surnommée la Foudroyante 705.

Je vous signale également un dérivé assez ingénieux de la poussette — car il s'effectue à distance. Vous connaissez ce filet jaune circulaire qui limite, sur la table de baccara, la place réservée aux joueurs. Toute somme d'argent déposée au-delà de ce filet devient une mise — et, de ce fait, est compromise. Placée en deçà, elle est encore votre propriété. Lorsque vous la posez sur le filet, elle est engagée de moitié. En la plaçant ainsi, cette somme — plaque ou billet — la coutume veut que vous disiez : « Moitié au billet — ou à la plaque. » Mais, comme cela va de soi, vous pouvez négliger de l'annoncer.

Vous avez une cigarette à la bouche, et deux ou trois billets de mille francs pliés en quatre devant vous. Vous prenez l'un de ces billets et, au lieu de le poser à plat sur la table, vous le placez en équilibre, à cheval sur le filet jaune, comme s'il était le toit pointu d'une petite maison.

Le banquier donne les cartes. S'il gagne, vous perdez, bien entendu, vos cinq cents francs. Mais s'il perd, vous soufflez dans la direction de votre billet la fumée dont vous avez pris la précaution d'emplir vos poumons — et vous le voyez alors qui se couche sur

le côté, très mollement, mais au-delà du filet jaune. Et de ce fait, votre billet qui « allait de moitié » se trouve « aller en plein ». Vous aviez donc une chance de perdre cinq cents francs contre une chance d'en gagner mille.

Je m'en voudrais de ne pas vous indiquer aussi un procédé dont je suis le modeste inventeur et qui a l'avantage considérable de ne vous faire courir aucun risque. Vous déposez devant vous un porte-cigarettes en or brillant au-dessus duquel, étant banquier, vous faites passer, comme vous les feriez passer devant un miroir, les deux cartes que vous envoyez au ponte. Dès lors, renseigné

sur le point qu'il a, il vous est loisible de tirer à 6 ou de rester à 4. Nouvel avantage sur lequel je ne prends pas la peine d'insister.

Mais puisque je suis, ce soir, en veine de confidences, il me faut vous avouer que si j'ai fait fortune en trichant, c'est que, à force de travail, je suis devenu un véritable prestidigitateur. Cela m'a permis d'exercer ma coupable industrie sur une grande échelle, ne commettant jamais l'imprudence de le faire plus d'une fois ou deux par soirée, ne le faisant jamais deux jours de suite dans la même ville, ne le faisant jamais que pour des sommes importantes.

Voici comment je m'y prenais.

Dans les manches de mon smoking, préparées à cet effet, je plaçais quatre 9, chacun accompagné d'une bûche. On nomme « bûche » un 10 ou bien une figure. Puis allant de table en table, je guettais un banco d'une vingtaine de mille francs. Je faisais ce banco — debout toujours. Et je le faisais de la manière la plus correcte. Si je gagnais, j'empochais les vingt mille francs. Si je perdais, je payais la somme et je disais : « Suivi. » Et cette fois, alors, ayant mis le banquier en confiance, je pouvais substituer deux de mes cartes préparées aux deux cartes qui m'étaient envoyées.

J'ai triché de 1917 à 1924, pendant sept ans — et c'est pendant ce temps que j'ai fait ma fortune · quatre millions.

Ce n'est pas le Pactole, mais c'est quand même une fortune.

*

Quant à ma vie privée, que fut-elle?

Exemplaire, j'ose le dire.

En dehors du jeu, je n'ai jamais fait tort d'un centime à personne — et, ma foi, je m'en flatte.

Le danger que je courais sans cesse d'être arrêté me priva du plaisir de me créer un foyer. Je m'étais juré de ne jamais exposer une créature innocente et des enfants éventuels à la honte de m'avoir pour époux et pour père. J'ai tenu ma parole — et je m'en félicite aujourd'hui grandement.

J'ai fréquenté tous les milieux et tous les mondes. Les braves gens sont rares et les femmes honnêtes sont rarissimes. Mémorables parties de poker, que ne puis-je vous raconter!

Réunissez autour d'un tapis vert un homme politique, un jeune homme de bonne famille, une femme jeune encore et un tricheur de profession — il se pourrait très bien qu'au bout d'une heure ou deux votre tricheur fût en échec!

Parlerai-je de mes maîtresses?

Elles se ressemblent toutes — et raconter celle-ci, c'est raconter les autres.

Les raconter — alors que l'on aurait du mal à les compter!

Ce que j'en puis dire c'est que jamais je n'ai cru devoir leur confier quelle était la source réelle de mes revenus.

Mon imagination, assez fertile en somme, s'exerçait ainsi sur ces compagnes éphémères.

Il m'arriva même de les connaître, si j'ose dire, à plusieurs reprises sans être reconnu par elles — car, en sept ans, j'ai changé cinq fois de nationalité, quatorze fois de nom et neuf fois de visage. J'ai été Russe, Anglais, Allemand, Espagnol, Arménien. J'ai été duc, marquis, colonel, docteur, industriel, ancien ministre. J'ai porté toutes les sortes de coiffures, toutes les formes de barbes et des moustaches de toutes les tailles.

Et, puisque, aujourd'hui, je dis tout, je vais livrer mon secret, je vais dire la raison pour laquelle je n'ai jamais été pris sur le fait, trichant, pourquoi je n'ai jamais eu d'ennuis graves.

Tous ces visages différents que je prenais, tous ces faux états civils que j'empruntais, je ne m'en servais que pour dépister les inspecteurs.

Sachant parfaitement que l'on n'est *vu* que quand on cherche à se cacher, toutes *mes* têtes, je me suis appliqué à les leur faire connaître, à les rendre célèbres — hormis la mienne propre — et je n'ai jamais triché qu'avec mon vrai visage et sous mon véritable nom.

Voici comment je m'y prenais.

Que ce fût à Vichy, à Cannes ou bien ailleurs, je faisais ma première apparition dans la salle des jeux, coiffé d'une moumoute impeccable, orné d'une superbe paire de moustaches — et je rôdais de table en table avec l'œil inquiet de l'homme qui cherche à faire un mauvais coup. J'étais immédiatement repéré et suivi. Je jouais cette comédie pendant une heure quelquefois — puis, brusquement, je quittais la salle de jeux.

J'y pouvais revenir dix minutes plus tard, entièrement démaquillé, et il m'était loisible alors d'y « travailler » en toute tranquillité.

La fin d'un tricheur

Un soir, à Aix-les-Bains, j'entre à la salle de jeux, vers onze heures, avec des neuf de cœur, de pique, de trèfle et de carreau plein mes manches.

C'était le 10 juillet 1924.

Date fatale, inoubliable!

J'avais « gagné », l'avant-veille, à Évian, une cinquantaine de mille francs, et j'étais bien décidé à en emporter le double, ce soir-là.

Énormément de monde. Atmosphère étouffante. Grande nervosité parmi les joueurs, causée par un orage latent. Donc, ambiance très favorable.

Je naviguais de table en table, la cigarette au bec, les deux mains dans les poches, l'oreille aux écoutes, ne regardant rien, mais voyant tout et dépistant les inspecteurs. Je guettais un banco qui fût digne de moi.

Quelques instants plus tard, j'entends dans mon dos :

— Un banco de 1 200 louis!

Je me glisse de profil entre deux grosses dames, et je dis :

— Banco.

— Banco debout! annonce le croupier.

Le visage de l'homme qui taillait m'était caché par l'abat-jour, mais je voyais qu'il donnait les cartes de la main gauche, comme on le fait parfois, quand on occupe à autre chose sa main droite. Procédé dangereux, d'ailleurs.

Je me dis :

— Serions-nous entre confrères?

Je prépare vite un de mes neuf — je me penche et je vois un grand garçon maigre d'une quarantaine d'années, officier de la Légion d'honneur et qui n'avait qu'un bras.

Charbonnier!

L'homme qui m'avait sauvé la vie le 17 avril 1914!

Si, cinq minutes auparavant, quelqu'un m'avait dit : « Reconnaîtriez-vous Charbonnier? » — j'aurais, je crois, répondu : « Non. » Je ne l'avais entrevu qu'une fois, il y avait de cela dix ans, et, à la vérité, je ne savais pas que ses traits s'étaient gravés en moi, ineffaçablement.

Quand son visage m'apparut, quand je revis ces deux pommettes saillantes, ce nez en lame de couteau, il me sembla que c'était, non pas lui, mais bien plutôt son souvenir évoqué qui venait de m'apparaître. On a de ces visions parfois qui sont plus ressemblantes encore que la réalité.

Moment affreux, minute abominable!

C'est lui — à n'en pas douter.

C'est lui aujourd'hui — et c'est lui il y a dix ans.

Il est là, devant moi, comme un justicier — et j'ai fait déjà l'échange de mes cartes. Je ne peux plus rien faire à présent : j'ai *neuf*, il faut que j'abatte *neuf* — et j'abats *neuf*.

— En cartes!

Il a neuf aussi.

Quel bonheur!

— Le banco est toujours fait? demande le croupier.

Je réponds :

— Non, non!

J'ai redoublé le mot d'une si drôle de manière, et si vite, que tout le monde m'a regardé et que Charbonnier s'est penché à son tour pour me voir.

Admirables yeux clairs qui vous êtes posés sur moi, quel mal vous m'avez fait!

J'aurais voulu rentrer sous terre — comme le 17 août 1914 — et malgré moi, j'ai fait un geste. Je ne sais vraiment pas lequel. Un geste de la main, rapide, et qui répétait encore « non-non », probablement.

Mon attitude lui sembla surprenante, blessante peut-être même, car il passa la main, se leva et vint à moi.

— Que signifie ce geste que vous venez de faire, monsieur, et pourquoi n'avez-vous pas suivi le banco?

— Parce que... n'êtes-vous pas monsieur Charbonnier?

— Si, monsieur.

— Eh bien, moi, je suis celui à qui vous avez sauvé la vie le 17 août 1914, en l'emportant sur votre dos... et la pensée que j'aurais pu vous... gagner... votre enjeu, cette pensée m'a été plus qu'odieuse : horrible!

Mon explication lui paraît plausible et ma délicatesse le touche, car il me tend sa main, sa main unique, en me disant :

— Merci.

Il ajoute :

— Venez prendre avec moi quelque chose.

Je me sens rougir et, pour la première fois de ma vie, je sais ce que c'est que d'avoir honte.

Oui, j'ai honte d'être, devant cet homme, l'homme que je suis. Nous entrons au bar — et j'ai l'impression que tout le monde nous regarde avec étonnement. Il a risqué sa vie pour moi — et voilà que je suis en train de le compromettre!

— Comment vous appelez-vous?... Qu'est-ce que vous faites dans la vie?... Êtes-vous marié?

Et cent autres questions qu'il me pose, qui augmentent ma confusion et auxquelles je réponds tant bien que mal, en m'excusant sans cesse du trouble qui m'agite et que je lui demande de bien vouloir attribuer à l'émotion que j'éprouve à le revoir.

Il y a quelque chose en lui de naïf et de franc qui m'émeut réellement.

Il est délicieux, cordial, simple — et pas du tout amer, ni triste. D'ailleurs, ce n'est pas un infirme. Un blessé de guerre n'est jamais un infirme. Il n'a pas perdu son bras — il l'a donné.

Du seul bras qui lui reste, il se sert avec une grande habileté. Je voudrais pouvoir l'aider à allumer sa cigarette, à se servir à boire, à sortir son mouchoir de sa poche — mais il n'a pas besoin de moi.

Il me raconte sa vie — vie monotone et digne, sans heurts et sans éclat. Puis, il me parle du jeu, m'en parle longuement, avec enthousiasme. Il m'en parle comme d'un des rares plaisirs, d'une des seules distractions qu'il puisse prendre sans avoir à souffrir d'une cruelle absence.

— Mon bras me manque partout ailleurs!

Et je sens naître en moi de la tendresse

pour cet homme. Il le comprend et, de plaisir, il en sourit.

Tout à coup, il me dit :

— Et si on s'associait, tous les deux?

— Nous associer...

— Oui, pour jouer. Vous aimez le jeu, moi, je l'adore : jouons ensemble!

Dix minutes plus tard, nous étions assis côte à côte à une table de chemin-de-fer et nous étions associés.

Je lui devais la vie : il lui restait encore à me réhabiliter!

Oui, le tricheur et l'honnête homme s'étaient associés — pour jouer honnêtement.

Un inspecteur de la brigade des jeux qui m'avait repéré, une demi-heure auparavant, au moment du banco — car mon trouble m'avait trahi — et qui nous avait suivis au bar, ne nous quittait plus de l'œil à présent. Nous venions, assurément pour lui, de comploter quelque mauvais coup — il en eût mis sa tête à couper. Et ce m'était une joie exquise, inconnue, d'abattre « huit » ou « neuf » en lui riant au nez.

La chance nous favorisa, et, ce soir-là, Charbonnier et moi nous nous partageâmes 19 800 francs. C'était un beau début pour notre association! Une vingtaine de mille francs — même pour des voleurs, c'eût été magnifique!

Et jusqu'au dernier jour de sa cure, nous ne nous sommes pas quittés. Et nous avons joué tous les soirs ensemble — et toujours de moitié.

Cela dura dix-sept jours.

Le dix-septième jour, étions-nous gagnants ou perdants?

Je dois à la vérité de dire que je ne m'en souviens plus, car une chose s'était passée, beaucoup plus importante.

Qu'avait-il fait de moi, cet homme?

Un honnête homme?

Mieux que cela — pire que cela : il avait fait de moi un joueur!

D'abord, j'en ai douté. Je me suis dit : « Illusion! Phénomène passager que j'attribue à sa présence, uniquement. Dès le lendemain de son départ, il n'en sera même plus question! »

Je me trompais. J'étais mordu — et pour toujours.

*

Incroyable aventure, sorte de mutation inespérée qui me fut à la fois bienfaisante et fatale : mon sauveur m'avait guéri de mon vice en me passant le sien!

Oui, en une nuit et quelques jours, j'avais compris ce que c'était que le jeu et je m'étais mis à l'adorer. Je l'avais méconnu, méprisé, je l'avais honni et j'en avais vécu — et voilà qu'il m'apparaissait sous un jour différent. J'en saisissais l'agrément, j'en ressentais le plaisir, j'en éprouvais l'émotion — et tout l'argent qu'en sept années j'avais gagné en trichant, en quelques mois je l'ai perdu en jouant honnêtement!

Juste retour — me dira-t-on.

Le fait est là. Mes autos, mes bijoux, mes tableaux, mon hôtel — tout y a passé.

Je n'ai plus rien aujourd'hui, et je vivote, employé à douze cents francs par mois — et qu'on devine un peu chez qui — oh! ironie du sort! — chez Grimaud, le fabricant de cartes à jouer!

Je suis celui qui les met en paquet, qui les classe — selon l'ordre établi par la maison Grimaud.

Or, cet ordre établi — depuis combien d'années! — présente une particularité que je vais dévoiler pour la première fois.

Prenez un jeu — un jeu tout neuf — de 52 cartes. Proposez à quelqu'un une partie de baccara. Déchirez devant cette personne le papier de garantie qui couvre le jeu. Faites passer subrepticement les deux premières cartes à la fin. Je m'explique : que les deux premières deviennent les deux dernières.

Puis, étant vous le banquier, commencez tout de suite à jouer selon les règles : une carte à l'adversaire, une à vous, une à lui, une dernière à vous — et jusqu'au bout de la taille vous gagnerez à coup sûr!

Faites-en l'expérience.

Je l'ai faite, pour m'amuser — cent fois! — mais toujours seul, comme on fait une réussite.

Car, tricher, me remettre à tricher — impossible.

L'idée m'en est venue — et j'ai même essayé : je n'ai pas pu.

Non point par peur de me faire prendre. Non point par honnêteté. Non : par amour du jeu.

Quand on est joueur, vraiment joueur, on ne peut pas tricher — on ne peut pas se substituer au hasard.

*

Sur les douze cents francs que je gagne par mois, je prélève régulièrement une somme de trois cents francs que je consacre au jeu, sagement, pieusement.

Moralité

Le jeu, vilipendé par ceux qui ne jouent pas, n'est pas du tout ce qu'ils en disent.

Ce que les gens qui ne jouent pas ne savent pas, ce qu'ils ignorent, ce sont les bienfaits du jeu. Ses inconvénients, je les connais comme eux. Certes, c'est un danger, mais qu'est-ce qui n'est pas un danger dans la vie!

Or, il ne faut pas contester l'influence excellente que le jeu peut avoir sur le moral. L'homme qui vient de gagner 1 000 francs, ce n'est pas un billet de mille francs qu'il a gagné — c'est la possibilité d'en gagner cent fois plus.

Il n'a pas gagné 1 000 francs — il a gagné!

Quand il perd mille francs, il n'a perdu que mille francs. Quand il les gagne, il a gagné les premiers mille francs d'une fortune incalculable. Tous les espoirs lui sont permis — et voyez cette confiance en lui qu'il a, c'est magnifique! En amour, en affaires, pendant vingt-quatre heures, il va tout oser — et ce début d'une fortune, dû au hasard uniquement, peut le mener à la fortune véritable.

*

On dit du jeu que c'est un vice.
C'est possible.
Mais je me méfie toujours un peu des assertions qui ne sont pas devenues des proverbes.
Qu'on dise que l'excès en tout est un défaut, j'y consens volontiers. Mais si l'excès en tout est un défaut, ne pas jouer du tout, cela devient un défaut puisque c'est excessif.

*

D'abord qui a dit que le jeu était un vice?
Un avare probablement.
Comment, nous mettrions tous les jours en jeu notre santé, notre bonheur, et nous hésiterions à compromettre une parcelle de notre avoir monétaire — ce serait attacher à l'argent vraiment trop d'importance!

*

« On ne *doit* pas jouer, s'écrient tous ceux qui ne jouent pas. »

Cela ressemble à des gens dont les bronches seraient solides et qui diraient :

« On ne *doit* pas être tuberculeux! »

Car enfin, si le jeu est un vice, c'est peut-être un vice de constitution.

*

On se ruine au jeu —?

Qui se ruine au jeu?

Ceux qui ne sont maîtres ni de leurs passions, ni de leurs nerfs. Donc les imbéciles, les faibles, les hésitants, les incapables. Entend-on jamais dire qu'un homme éminent se soit ruiné au jeu? Jamais. Or, la plupart des hommes éminents sont joueurs. Ceux qui se ruinent au jeu se seraient ruinés dans leurs affaires ou bien avec les femmes.

Pourquoi voudriez-vous qu'il n'y eût pas au jeu des imbéciles aussi, puisqu'il y en a partout?

*

Ce n'est pas un métier —?

Est-ce donc un métier d'acheter des Royal Dutch et de les revendre un mois plus tard?

C'est immoral —?

Et l'on encourage les courses de chevaux, on tolère la Bourse des valeurs — dont on ne peut pas toujours dire que ce sont des jeux de hasard — ou des loteries dont on dit qu'elles sont Nationales!

*

Les gens qui se tuent —?

Les gens qui se tuent ne sont pas de vrais joueurs, car un homme qui perd à ce point tout espoir ne saurait être un vrai joueur.

Les suicidés du jeu sont généralement des hommes qui jouaient pour la première — et la dernière fois — et qui jouaient en outre avec de l'argent appartenant à des personnes qui n'avaient pas été préalablement consultées sur l'emploi qu'ils venaient d'en faire.

*

J'aime d'une amitié particulière les villes d'eaux qui n'ont pas d'eaux, celles où l'on ne soigne rien et qui vivent exclusivement du jeu. Je les trouve extrêmement différentes des autres. Elles ont une sorte d'existence temporaire, illusoire, puisque, en somme, c'est le hasard qui les fait vivre.

Il est des villes d'eaux dont le nom seul évoque une partie du corps — une partie malade de ce corps : les reins, le foie, les intestins ou bien le cœur. Villes dont l'eau des sources est bienfaisante, je vous respecte — mais, vous autres qui n'êtes pas des villes d'eaux, je vous préfère. Si l'on vous nomme « villes d'eaux », si vous le tolérez, c'est par hypocrisie, car vous n'osez pas dire tout haut la délicieuse vérité.

Et, d'ailleurs, entre nous, vous n'êtes pas malignes. Je ne comprends pas bien pourquoi vous vous cherchez des excuses ainsi.

Vous ne guérissez rien?

En êtes-vous bien sûres?

N'avons-nous que le corps malade?

Et les chagrins? L'ennui? Le doute?

Ne sont-ce que des mots?

Ne sont-ce pas des maux?

Le jeu ne guérit rien —?

Allons donc!

Il guérit du jeu et il est seul à pouvoir le faire.

Qu'est-ce que vous pouvez lui demander de plus!

Impression Société Nouvelle Firmin-Didot
à Mesnil-sur-l'Estrée, le 5 août 2002.
Dépôt légal : août 2002.
1er dépôt légal dans la collection : juin 1981.
Numéro d'imprimeur : 60567.
ISBN 2-07-036434-8/Imprimé en France.

120058